공정거래위원회 9

2024년 3월 14일 초판 1쇄 인쇄
2024년 3월 19일 초판 1쇄 발행

지은이 현우
발행인 김관영

기획 박경무 강민구 임동관 조익현
책임편집 금선정
마케팅지원 유형일 장민정

발행처 (주)로크미디어
출판등록 2003년 3월 24일
주소 서울시 마포구 마포대로 45 일진빌딩 6층
Tel (02)3273-5135 **Fax** (02)3273-5134
홈페이지 rokmedia.com **E-mail** rokmedia@empas.com

ⓒ 현우, 2023

값 9,000원

ISBN 979-11-408-1428-2 (9권)
ISBN 979-11-408-1419-0 04810 (세트)

질 끝판왕 사망

한명그룹
김성균 본부장

현우 현대 판타지 장편소설 **9**

Contents

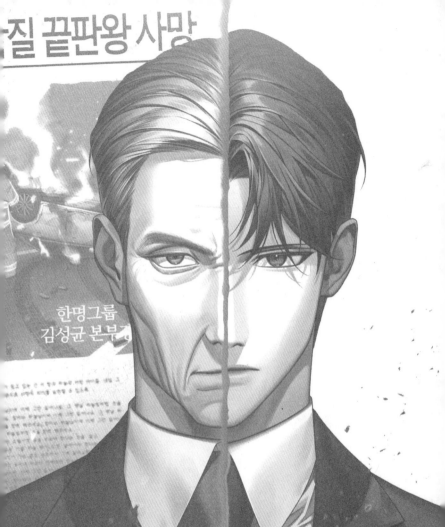

화려한 귀환

강원도 산골에 위치한 한 대강당.

정장을 입은 사람들이 신입 사원 연수 교육에 한창이었다.

하지만 일반 신입 사원 OJT와는 조금 다른 풍경.

참석한 이는 사회 초년생부터 40대 아줌마, 60대 할아버지까지 연령대가 다양했다.

−그럼 저희 뉴테크놀로지의 수석 멘토이신 김영창 멘토님의 말씀이 있겠습니다.

사회자의 안내에 참석자들은 필기구에 노트북을 꺼내 들었다.

〈뉴테크〉는 최근 SNS 등지에서 고수익 알바로 유명해진 '이노베이션 마케팅' 회사였다. 이름이 좀 거창하지만 대강 혁신적인 마케팅을 구사하는 곳.

채용도 혁신적이어서 이곳은 나이불문, 학력불문, 경력불문 오로지 열정만 평가하여 신입 사원을 뽑았다.

–이야~ 요즘 다단계들 많이 발전했네?

–그러게요. 예전엔 네트워크마케팅이었는데, 요샌 이노베이션마케팅이라 하나 봐요.

수상한 무리가 단톡 방에서 쑤군거리고 있는 사이, 연단엔 머리가 훌렁 벗겨진 50대 사내가 등장했다.

요주의 인물이 등장하자 광역수사대 단톡 방이 바빠졌다.

–오케이! 선수 입장.

–반장님, 그 싸구려 영화 대사는 그만 좀…….

–미안, 미안. 내가 오늘 기분이 너무 좋다. 저 새끼 얼굴 보는데 너무 반가워서 말이지.

광역수사대 조 반장은 눈시울을 붉혔다.

사실 연단에 등장한 놈은 김영창이 아니었다.

광역수사대가 벌써 5년째 쫓고 있는 다단계의 왕, 김상두였다.

놈은 이름만 다섯 개에 중국 밀항을 밥 먹듯이 해 대는 희대의 사기꾼이었는데 지금까지 보고된 피해액만 380억에 달했다.

"저희 뉴테크놀로지는 K-뷰티의 선두 주자로 이미 중국에 400여 개가 넘는 가맹점을 가지고 있습니다. 오늘 소개해 드릴 화장품들은 이미 중국에서 시중에 유통된 상품입니다만. 관세 등의 문제로 인해 시중에 유통할 수 없는 애로가 있죠."

세상에 그런 화장품은 없다.

하지만 참석자들은 사이비교주를 영접한 광신도들처럼 격하게 끄덕였다. 이들은 업자들이 엄선하고 엄선한 바로 '절실한' 사람들이었기 때문이다.

물론 그중에는 수상한 낌새를 눈치채고 슬며시 자리에서 일어난 사람도 있었다.

하지만.

"어이, 아가씨. 교육 안 끝났는데 어딜 가?"

"부, 부모님이 아프셔서요."

"부모님 아프시면 이 강원도 산골에 택시 기사가 달려와 줘? 흐흐."

"……그건 제가 알아서 할게요."

"가려거든 할당량은 채워서 나가. 이거 시장에다 팔면 최소 600은 챙길 수 있는 물량인데, 아가씨는 400에 가져가."

"예? 제가 돈이 어디 있어요. 전 취업준비생이에요. 신입사원 연수 교육인 줄 알고 왔단 말이에요."

"그래서 취업시켜 줬잖아! 당신은 오늘부터 우리 회사 직원이야."

이곳은 남녀노소 누구나 들어올 수 있는 곳이었지만, 나갈 땐 반드시 한 가지 규칙을 지켜야 했다.

바로 400만 원 상당의 화장품을 사가야 한다는 것.

대학생으로 보이는 여자가 쩔쩔매자 직원이 핸드폰을 낚아챘다.

"정 돈이 없으면 어쩔 수 없지. 이거 핸드폰으로 결제시켜 놓을 테니까 아가씨가 다음 달에 갚아요. 대신 수수료 10%가 따로 붙습니다~."

'오냐 새끼야. 네 형량도 10%도 더 붙여 주마.'

이 광경은 잠입한 광수대 형사들의 캠코더에 적나라하게 녹화되고 있었다. 법원에서 증거 영상으로 쓰일 귀중한 자료들이다.

그러는 사이.

김상두가 넉살 좋은 웃음을 지으며 강의를 끝마쳤다.

"뉴텍의 대표로서 저 김영창은 여러분들의 앞날을 기원합니다. 그럼 이만……."

그때.

청중석에서 젊은 남자가 손을 들고 벌떡 일어났다.

공정거래
위원회

"대표님, 이거 진짜 K뷰티의 선두 주자 화장품 맞습니까. 그냥 싸구려 화장품에 라벨만 바꿔 낀 게 아니고?"

"……뭐라?"

"꼭 김상두 씨랑 똑같네요. 사람은 그대론데 이름만 바꿔서 사람 등쳐 먹잖아요?"

청중석이 술렁였다. 지금 저 젊은 놈이 뭐라 하는 건가.

그중 더러는 입이 떡 벌어졌다.

김상두라는 이름을 뉴스에서 몇 번 본 적 있는 사람들이다.

"뭐야? 저 사람이 김상두야?"

"그러고 보니 비슷하게 생기긴 했는데?"

준철은 술렁거리는 사람들 비집고 김상두 앞으로 갔다.

김상두는 처음 보는 이 젊은 놈에게서 묘한 기시감이 들었다.

"제 목소리 기억하시죠?"

"누구?"

"공정거래위원회 이준철 과장이라고 합니다. 우리 1년 전에 통화도 한 적 있는데?"

그제야 김상두는 왜 이 젊은 놈에게 기시감이 느껴지는지 알 수 있었다.

1년 전, 중국으로 밀항하기 직전.

웬 젊은 놈 하나가 이상한 전화를 해 왔다.

―자수하면 5년. 그 배 타면 10년.

"미친 새끼!"

대화는 그게 전부였지만, 젊은 놈 말투가 하도 당돌해서 목소리는 똑똑히 기억하고 있었다.

준철은 씩 웃으며 그때 못다 한 말을 마저 이었다.

"김상두 씨, 잡혔으니까 10년이에요."

"이 미친놈이! 여기가 어딘 줄 알고. 이 새끼 처리해!"

김상두의 지시가 떨어지자 풍채 좋은 건달들이 모여들기 시작했다.

하지만 사내들의 손길은 준철의 머리털 하나 건드리지 못했다.

"으악!"

우지끈! 뚝딱! 퍽!

별안간 뒷좌석에 소란이 일더니, 뼈가 부러지고 사람이 날아가는 소리가 들렸다.

"뭐, 뭐야?"

"광수대 조 반장이다. 상두야~ 우리가 너 얼마나 찾았는 줄 아니? 이젠 다시 빵으로 가자."

그는 이미 사기 전과 5범으로 조 반장과 구면이었다.

놈은 심각함을 느끼고 곧바로 줄행랑을 쳤지만, 경호원으로 위장한 잠복 형사들에게 순식간에 목덜미가 잡혔다.

"이거 놔! 이게 뭐 하는 짓들이야! 네들 영업 방해야!"

놈은 아등바등하며 준철 앞으로 끌려왔다.

준철은 1년 동안 묵혀 두었던 영장을 내밀며, 그의 귀에 속삭였다.

"넌 내가 최소 20년 이상 썩게 해 줄게, 새끼야."

❧

[제2의 조X팔. 다단계의 왕, 김상두 체포]

[강원도 산골에서 OT까지 열어]

[가명만 다섯 개, 광수대의 5년 추적]

준철의 직속상관이자 조사국장인 민병호는 껄껄 웃음을 터트렸다.

"일망타진했다고?"

"네. 그렇습니다."

"잡기 쉽지 않은 놈이었을 텐데?"

"이준철 과장이 형사들하고 직접 잠입까지 했답니다."

신현수 과장은 고개를 절레절레 흔들었다.

그 또한 행시 출신으로 동기들에 비해 진급이 빠른 편이었다.

업무 능력 하나만큼은 자타공인 1등이라 자부할 수 있었다.

하지만 2년 전 발령 온 신출귀몰한 놈 앞에 그 자신감이 바래졌다.

"신 과장이 얼마나 더 선배지?"

"5기수 빠릅니다만……. 솔직히 선배라 하기에도 그렇습니다."

"왜?"

"이놈은 제가 뭐 가르친 게 없으니까요. 딱히 저한테 뭘 궁금해하지도 않았고."

빈말이 아니었다.

아무리 서울에서 끗발 날리던 놈이라도 본청에 오면 주눅 들기 마련이건만. 이놈은 적당히 상사 대접만 해 줬을 뿐, 눈치 보지 않고 자기 스타일대로 일했다.

"진급에도 딱히 관심 없는 것 같고요."

그건 민 국장도 어느 정도 알고 있었다.

원래 행시 출신 신입 과장들은 폼 나는 사건을 좋아한다.

비리 액수가 커서 주목받기 좋거나, 이름난 대기업을 쳐서 자신의 이름을 알리고 싶어 한다.

하지만 이놈은 그런 건 안중에도 없는지 2년 동안 민생 사건만 골몰했다.

"알고 있다. 그랬으니까 이걸 나한테 제출했겠지?"

민 국장은 준철이 신청한 [인사 지원서]를 툭툭 쳤다.

"국장님, 근데 진짜로 이 과장이 서울 종합국으로 보직 신청했습니까."

"그래. 최소 근무 연수 끝나자마자 바로 신청했어."

"허……. 참."

"신 과장이 봐도 이상하지?"

"네. 서울 종합국은 전문성도 없고 진급도 잘 안 되는 부천데……."

두 사람은 사실 약간 혼란에 휩싸였다.

사실 이준철은 욕심 없는 놈이란 표현도 아깝다. 머리가 모자란 놈이란 표현이 더 제격이다.

지금 커리어로 원하는 직에 골라서 갈 수 있는데, 가장 어렵고 진급도 안 되는 길로 자청했으니 말이다.

"뭐 사실 사연이 있는 놈이라 그럴 수도 있단 생각은 든다."

"그건 무슨 말씀입니까."

"여기가 이놈 친정이잖아? 근데 사고를 하도 치고 다녀서 전임 국장이 부득이 물러나게 됐더군."

"아, 그 사건이라면 혹시……."

"그래. 죄책감이 좀 남아 있을지도 모르지."

신 과장도 조금 수긍이 갔다.

"그렇다면 이해가 좀 되네요. 어쩐지 본청 와서도 민생 사건만 골몰하더라고요."

"아니면 다른 이유일 수도 있고."

"다른 이유요?"

"그냥 이런 부류의 일 자체가 놈의 적성에 맞는 거야. 애초에 여기 있을 놈이 아니란 거지."

신 과장은 조심히 물었다.

"그래도 설득은 한번 해 보실 거죠?"

"고민 중이다. 딱히 설득이 되는 타입이 아닐 텐데, 그게 의미가 있는지."

"시간을 가지고 계속 회유하면 되지 않겠습니까."

"시간? 별로 없어. 서울 종합국은 기피 보직이라 늘 TO가 있거든."

진급 결정은 최대 보름 안으로 이뤄질 것이다.

사실 민 국장이 도장만 찍어 주면 내일 당장 발령 날 수도 있었다. 서울 종합국은 만성적으로 인력이 부족한 상시 채용직이었기 때문이다.

"제가 한번 살살 꽤 보겠습니다. 제가 또 그런 거 잘합니다."

"그래. 너무 또 덥석 보내 주면 서운한 법이지."

신 과장이 살랑거리면서 나가자 더 큰 아쉬움이 들었다.

딱 사회성이 저 반만 되는 놈이었으면 오죽 좋았을까.

아니지. 그 정도 업무 능력에 사회성까지 좋았으면 선배들 머리 꼭대기에 오르려 했을지도 모르지.

평양감사도 제 싫다면 그만이랬다.

민 국장은 안타까운 마음을 달래며 전화를 들었다.

―아이고. 우리 민 국장이 어인 일로 전화를 다 했어?

"그냥 오랜만에 동기 생각이 좀 나서."

―그래? 우리가 확실히 통하긴 해. 나도 요즘 들어 부쩍 자네 생각나던데.

상대방의 반응에 민 국장이 혀를 찼다.

"무슨 용건인데?"

―내 부탁이야 늘 빤하잖아. 사람 좀 보내 줘. 여긴 어째 팀 과장들이 도망가기 바쁘다.

"그러니까 거긴 왜 자처해서 가?"

―그럼 어떡하냐. 전임 국장이 정치 보복 당해서 아무도 자리에 안 가려 하는데. 어디 뭐 쓸 만한 놈 없냐? 성질은 더러운데 야근은 좋아하고, 또 궂은 일 마다 안 하는 놈.

민 국장은 어쩌면 두 사람의 궁합이 참 잘 맞을 수도 있겠단 생각이 들었다.

"그…… 한 놈 있는데 보내 줄까?"

❀

"와― 김상두가 드디어 잡혔어?"

"그러게요. 이놈 광수대가 10년 동안 쫓아다닌 놈인데."

"이것들 안 잡힌 이유가 있더라고요. 경찰도 못 잡게 강원도 오지에도 다단계 시판을 했대요."

이미 파다하게 퍼진 뉴스로 공정위 본청은 한껏 들떠 있었다.

피해액만 400억을 넘나드는 불법 다단계.

공정위도 이 책임에서 자유로울 수 없었다. 본디 다단계란 위법과 합법의 경계가 애매하여 공정위의 판단에 따라 유무죄가 결정되었으니 말이다.

김상두를 다단계 시판 업자로 판단하고 경찰에 처음 넘긴 것도 공정위였다.

하지만 신출귀몰한 행각에 5년 동안 그림자만 쫓고 있었으니…… 공정위도 여간 애를 태우던 게 아니었다.

"이거 또 이준철 과장이 마무리 지었답니다."

이렇듯 큰 골칫거리를 해결한 것이 준철이었다.

그의 무용담은 손에 땀을 쥐게 만드는 한 편의 액션 영화였다.

경찰과 합동 수사팀을 꾸려 강연장에 직접 잠입, 놈 앞에다 영장을 들이 밀었더란다. 1년 전 검찰이 밍기적거리다 미처 전달하지 못한 그 영장을!

후속 조치는 또 얼마나 기가 막힌가.

체포 즉시 김상두의 해외 자산을 모두 동결시켜 환수 작업에 들어갔다고 한다. 미력하지만 이 돈은 피해자들의 보상액이 될 것이다.

"하여간 진짜 일에 미친놈이야."

일일이 나열하기에도 입 아픈 이 과정은 단 2개월 만에 이뤄졌다.

야근과 주말 근무가 없었더라면 불가능했을 일.

"진급 욕심도 없어. 본청 온 지 2년 동안 민생 사건만 팠잖아?"

"근데 이 과장 이번에 서울 종합국으로 인사 신청 냈다는 소문 있더라."

"뭐? 본청에서 서울 종합국이면 사실상 좌천이나 다름없는데……?"

"에이− 헛소문이겠지. 세상에 그런 멍청한 놈이 어디 있어?"

이것이 상식적인 생각이었다.

지금 실적 유지하면서 한 5년만 더 버티면 국장은 따 놓은 당상이었다. 굳이 출세가 아니더라도 일하기 힘들고, 지휘부 눈에서 멀어지는 서울 종합국으로 갈 바보는 없다.

"안녕하세요."

하지만 느지막이 출근한 준철은 그 소문이 사실임을 확인시켜 주었다.

짐 정리를 마친 준철은 전 부서를 돌며 시보떡을 돌렸다.

"인사드리러 왔습니다, 홍 과장님."

"아니, 뭐야. 자기 진짜로 가?"

"예. 오늘 인사 결정 났습니다. 시보떡 드세요."

홍 과장이란 사내는 엉거주춤한 자세로 시보떡을 받았다.

행시 3년 선배이기도 한 그는 준철에게 각별히 더 미안한 마음을 가지고 있었다. 귀찮고 힘든 민생 사건이 생길 때마다 준철에게 일을 부탁했기 때문이었다.

홍 과장은 뒷머리를 긁적였다.

"내가 떡 받을 군번인가. 오히려 자기한테 떡을 줘도 모자랄 것 같은데."

"별말씀을요. 선배님께 많이 배웠습니다."

"그리 말해 준다면 고맙고. 근데 자긴 참 넉살도 좋다. 시보떡은 좋은 자리로 영전(승진)했을 때나 돌리는 떡이야. 본청에서 서울종합국은……."

사실상 좌천.

"원하는 보직으로 가게 됐으니 영전이나 다름없죠."

준철은 전혀 개의치 않는 건지, 미련 하나 없는 웃음을 지었다.

"……그래, 본인이 원한다면 가야지. 언제 가?"

"오늘 국장님과 면담한 뒤에 바로 갈 것 같습니다."

"그럼 아직 도장은 안 찍었다는 거네?"

"네. 돌면서 인사 좀 드리고 국장님께 결재 받을 겁니다."

"그럼 여기 한 바퀴 돌면서 다시 한번 잘 생각해 봐. 도망

갈 수 있는 마지막 기회인 것 같으니."

"하하. 알겠습니다."

준철은 인사 하러 가는 곳마다 같은 소리를 들었다.

하지만 결심엔 변함이 없었다.

뉴스에선 연일 최영호 회장의 앞날이 멀지 않다 떠들어 댔고, 삼 형제도 보폭을 높여 가고 있었다.

회장이 죽으면 삼 형제들도 본격적으로 경영권 싸움에 돌입할 것이다. 아니, 죽기 직전부터 수상한 움직임이 있겠지.

'최영석 부회장……'

세종에 발령 난 이후, 아니 준철로 눈을 뜬 이후부터 단 한순간도 놈을 잊은 적이 없었다.

이제 곧 그놈을 다시 볼 수 있을 것 같았다.

❧

2년 전 서울 종합국으로 부임한 유경민 국장은 상기된 얼굴로 빅뉴스를 전했다.

"오늘 아주 기똥찬 놈이 하나 올 거야. 다들 기대해도 좋아."

과장들에게 이렇게 밝은 얼굴로 얘기하는 것도 처음인 것 같다.

사실 그가 부임한 2년 전 종합국은 초상집이나 다름없었다. 전임 국장이 정치 보복으로 자리를 떠나며 아무도 종합국 국장 자리에 지원하지 않았기 때문이다.

그 또한 위원장님이 사정사정하지 않았더라면 이곳에 오지 않았을 터다.

그렇게 반강제적으로 부임한 곳이었지만, 그는 나름의 사명을 가지고 종합국 재건에 온 정성을 기울였다.

"뭐야? 다들 표정이 왜 그래?"

하지만 이 기쁜 소식이 다른 과장들에겐 썩 반갑지 않은 모양이었다.

"국장님, 이번에 온다는 그 친구가 이준철 맞습니까."

"그래. 여기 종합국 출신이라더만, 다들 알지?"

"저희가 왜 모르겠습니까. 가뜩이나 기피직이었던 종합국을 폐가 망신시키고 간 놈인데."

사실 과장들이 기억하는 이준철은 그렇게 좋은 놈이 아니었다.

실적에 눈 먼 팀장. 주목 받기 좋아하는 관종 사무관. 이것이 동료 과장들의 냉혹한 평가였다.

"김태석 전 국장님이 물러나신 이유가 바로 이놈이 사고쳐서 일어난 겁니다."

"혼자서 온갖 민감한 사건을 맡아 대다 정치권에 미운털이 박힌 거라고요."

"전 솔직히 기가 막혔습니다. 여기가 어디라고 다시 찾아오는지!"

"그놈이 다시 여기 오면 종합국이 또 한 번 초토화될 것 같습니다."

유 국장은 악평을 무덤덤하게 듣다 한마디 거들었다.

"그게 왜 그 친구 잘못이야? 나쁜 짓 해 놓고 덮어 달라 했던 금배지들 잘못이지."

"국장님."

"나도 그 전에 무슨 일이 있었는지는 안다. 근데 아무리 들어도 소신껏 일한 죄밖에 없던데?"

"저희도 다 소신껏 일하지만 뒷감당할 수 있는 범위 안에서 합니다. 근데 이놈은 그런 부류가 아니에요."

"그럼 어떻게. 이놈 그냥 돌려보낼까?"

다들 꿀 먹은 벙어리처럼 말을 잇지 못했다.

종합국은 공정위의 소방수 같은 부서였다. 카르텔국, 소비자국, 정책국 등에서 인력 요청하면 가서 불 꺼 줘야 하고, 쏟아지는 민원까지 상대해야 하는 부서.

불평을 쏟아 내긴 했지만 사람 가릴 처지가 못 되었다.

"아무리 그래도 그놈은……."

그래도 반응이 시원치 않자 유 국장이 솔깃한 제안을 꺼냈다.

"추 과장, 우리 그때 카르텔국에서 협조 요청 온 거 있지?"

"아, 예. 양계장 담합 사건요."

"어떻게 돼 가?"

"담합 자체는 사실로 보이나 증거 잡기가 힘든 터라…….
전국에 있는 양계장을 다 돌아다녀야 할 것 같습니다."

"인력난이구먼. 그럼 오늘부로 손 떼."

"……예?"

"그놈한테 넘기라고."

추 과장 얼굴에 화색이 돌았다.

"다른 과장들도 인력난 때문에 못 맡는 사건 있으면 넘겨
봐. 어차피 그놈은 종합국 출신이니 별도 교육 없이 바로 투
입시킬 거야."

'그래, 썩어도 준치라고. 사람이 없는 것보단 낫지.'

그렇게 준철은 과장으로 부임하기도 전에 벌써 업무 5개를
배정 받았다.

"이쯤하면 자네들도 불만 없겠지?"

"……국장님, 아무리 그래도 그 친구와는 거리를 두시는
게 좋을 겁니다. 예전엔 오 과장이 그나마 이놈을 통제했는
데, 이젠 오 과장도 없어요."

"팀장이었을 때도 그렇게 사고를 쳤는데, 이젠 과장까지 달
았으니……. 얼마나 혈기왕성하게 덤빌지 우려스럽습니다."

유 국장은 선선히 고개를 끄덕였다.

"알겠네. 참고는 하지."

2년 만에 돌아 온 고향은 그새 참 많은 것이 바뀌어 있었다.

답답한 사무실들은 그대로였지만, 아는 사람들은 모두 전출을 가고 없어진 지 오래였다. 순환 보직인 공무원에겐 당연한 일이기도 했다.

'김 반장님, 박 조사관님도 다 다른 곳으로 차출됐네…….하긴 뭐 이젠 팀장도 아니라 직접 얼굴 보긴 힘들지만.'

변화는 한 가지 또 있었다.

바로 과장으로서 자신의 집무실을 배정 받았다는 것.

이제 준철은 지휘를 내려야 하는 입장이 되었으며, 팀장들에게 보고를 듣는 위치에 서게 되었다. 이 집무실은 그런 용도로 쓰게 될 것이다.

'여긴 옛날에 오 과장님이 쓰셨던 집무실인데…….'

공교롭게도 준철은 과거 오 과장이 쓰던 집무실을 물려받게 되었다.

겨우 집무실만 물려받았을 뿐인데, 참으로 많은 생각이 들었다. 민감한 사건을 들고 갔을 때 오 과장은 무슨 생각이 들었을까. 혹여 팀장들 중에 나 같은 놈이 있으면 난 어떻게 대처해야 할까.

'그새 철들었나 보군.'

입장을 바꿔 보니 김 국장과 오 과장이 얼마나 대단한 사람들이었는지 깨달았다.

준철은 적막한 집무실에 짐 가지를 정리해 나갔다.

본청에서 보낸 지난 2년.

정치적으로 민감한 사건은 쳐다보지 않았고, 오로지 민생 사건에만 골몰했다. 사방에서 다 자신을 노린다는 걸 알았고, 스스로 힘을 키울 시간이 필요했다.

쓱쓱.

준철은 사무실 한편에 있는 명패를 쓱 문질렀다.

물론 팀장에서 과장이 됐다 한들 엄청난 권한이 생긴 것은 아니다. 사건을 주도적으로 지시할 수 있는 위치에 섰다는 거, 그리고 밑에 있는 팀장들을 부릴 수 있다는 것. 과장은 딱 그 정도의 위치다.

똑똑.

"누구……?"

"유경민 국장이다."

문밖에서 들리는 소리에 준철이 벌떡 일어났다.

"아, 국장님."

"뭘 그렇게 토끼눈을 뜨고 그래?"

"짐 정리하고 올라가려던 참이었습니다."

"됐어. 자네가 아주 유명 인사던데 내가 어디 궁금해서 참을 수 있어야지."

유경민 국장.

운 좋게도 그는 본청에 있던 민 국장과 행시 동기였다. 덕분에 그의 성격에 대해 조금은 엿들을 수 있었다.

격의 없는 대화를 즐기는 타입으로, 그 또한 출세에 큰 욕심 없다 했던가?

하긴 출세를 생각하는 사람이면 절대 이런 자리에 쉽게 안 오겠지. 그건 굳이 설명을 듣지 않아도 알 수 있는 대목이다.

"이 과장은 여기가 친정이지? 오랜만에 돌아오니까 어때?"

"얼떨떨합니다. 아는 사람도 거의 없더군요."

"흐흐, 그게 순환 보직의 숙명이야. 잠깐 전출 갔다 오면 사람이 다 바뀌어."

"네. 팀장으로 첫 부임했던 자세로 임하겠습니다."

유 국장은 끌끌 웃었다.

"그 자세로 일하면 안 된다. 과장은 업무 지시를 내리는 사람으로 좀 다른 역할이 요구될 거야. 뭐 그 얘긴 내가 굳이 두 번 설명 안 해도 잘할 타입 같고."

첫 인사 자린데 어쩐지 유 국장은 눈치를 보고 있는 것 같았다.

"이런 말 뭣하지만 지금 우리 종합국에 인력이 좀 부족하거든. 들어 봤지?"

"아, 예."

"해서 하는 말인데……."

유 국장이 쓱 서류를 내밀었다.

"카르텔국에서 업무 요청이 왔어. 양계장이 닭값을 담합했나 봐. 그것 때문에 치킨값이 뭐 엄청 올랐다나 뭐라나."

대화가 심상치 않다. 보통 발령 첫날은 커피나 마시면서 덕담 나누는 게 관례 아닌가?

"내일 카르텔국에서 과장급 회의하는데 자네가 한번 가 봐."

"……혹시 바로 업무 투입입니까?"

"응. 자네가 일벌레란 소문이 자자해서 말이야."

아무리 그래도 첫날인데, 이건 무슨…….

"표정을 보니 아주 좋아하는 것 같군."

"예……."

"자세한 내용은 서류에 나와 있으니 찬찬히 한번 읽어 봐."

공무원에게 4급 과장은 일반 회사 임원직과 같다.

말단 임원이긴 하나 임명식도 열어 주고, 타 부서에 소개도 시켜 주며 나름 위신을 세워 주는 자리라 할 수 있었다.

하지만 현 종합국엔 이런 예우 또한 사치인 듯 보였다.

부임하자마자 첫 사건을 맡아 버렸으니…….

팀·과장 대면식은 정식 회식 자리가 아닌 차담회로 대체

되었다.

'괜히 왔나.'

준철은 헛기침을 하며 명단을 들었다.

공정위 1과엔 총 5개의 팀장이 있었다. 과거 준철이 그러했듯 이들은 주요 현안마다 준철에게 보고해야 하며, 조사의 주요 결정을 자문 받아야 한다.

이는 권위만 앞세운다고 될 게 아니다.

팀-과장간 신뢰감 형성이 필수인데…… 과연.

집무실에 앉아 약속 시간을 기다리니 세 명의 중년인이 들어왔다.

"처음 뵙겠습니다, 과장님. 1팀 김기택 팀장입니다. 나머지 두 팀장은 파견 근무 중이라 부득이 저희만 오게 되었습니다."

"예, 어서 오세요."

준철은 환히 웃으며 이들을 환대했다.

종합국의 대체적인 사정은 알고 있었다.

자리에 오지 못한 두 팀장은 행시 출신의 팀장으로 현재 약관심사과에 파견 중이었다.

퍽 아쉬웠다. 행시 직속 후배이기도 하고, 나이도 어려 그나마 상대하기 편한 사람들이었는데.

"나중에 부임턱 제대로 내겠습니다. 오늘은 차나 한잔하시죠."

집무실엔 찬바람이 불었다.

사실 이 자리는 준철에게도, 그들에게도 매우 불편한 자리였다.

5급 사무관은 행시들에겐 출반선이지만, 9급 출신들에겐 종착점이다.

최소 20년 이상씩 구른 이들이 나이 어린 과장을 모시게 되었으니, 서로 불편하긴 마찬가지였다.

"제 집무실은 항상 열려 있습니다. 자주 와서 커피라도 한잔해 주세요."

그런 불편함을 이기고 준철은 최대한 이들을 환대해 주었다.

하지만 이들의 반응이 심상치 않았다.

"제게 무슨 하실 말씀이라도……?"

세 사람은 서로 눈짓을 주고받다 말을 꺼냈다.

"과장님, 사실 저희 사정이 여의치가 않습니다. 타국에서 계속 지원 요청해 대지, 민원은 밀려 있지, 할 일이 산더미죠."

꺼내는 말이 뭔가 심상치 않았다.

"사실 과장님 이전 이력은 저희도 잘 알고 있습니다. 팀장 때 굵직한 사건들을 소신껏 처리하셨더군요. 한데 사람이 다 능력치라는 게 있으니……."

"저희 생각도 좀 해 주셨음 합니다."

에둘러 말했지만 그 뜻은 정확히 이해했다.

과장은 타 부처와 미팅하고 일을 가져오는 사람.

한마디로 이들은 일 좀 열심히 하지 말아 달란 부탁을 하고 있는 것이다.

"이거 참, 첫날부터 드릴 얘긴 아니었는데."

"아니요. 귀담아 듣겠습니다. 저도 무얼 염려하시는지 압니다."

"그리 말씀해 주시니 감사하군요."

"그 밖에 또 고충이 생기면 말씀해 주세요. 이 자린 언제든 열려 있습니다."

"네. 그럼 저흰 이만."

그렇게 그들이 나갔을 때, 준철은 묘한 회의감이 들었다.

4급 과장…….

이 자리가 얼마나 막중한지 그제야 체감되었다. 산전수전 다 겪은 저 팀장들을 지휘해야 하는구나.

안타깝지만 오늘 첫날엔 저들의 마음을 얻진 못한 것 같다.

❦

"어서 오세요, 이 과장님. 말씀 많이 들었습니다."

자국 팀장들에겐 굴욕을 당했지만, 두 팔 벌려 준철을 환영해 주는 사람도 있었다.

카르텔조사국 회의실에선 팀·과장들 십여 명이 일어나 거의 위원장님 행차하신 듯 일어나 환대해 줬다.

그도 그럴 것이 이들은 항상 종합국이 아쉬운 사람들이었다.

인력 요청할 때마다 들러야 하는 곳이 바로 종합국 아닌가.

그들에게 준철은 너무나도 훌륭하고 감사한 호구였다.

'듣자하니 일에 미친놈이라고?'

'앞뒤 안 가리고 무조건 직진만 하는 놈?'

타국 사람들이 가장 좋아하는 유형의 종합국 과장이었다.

물불 안 가리고 이상하다 싶으면 무조건 진행하는 놈. 이런 부류의 인간이 업무 협조 요청할 때 내빼지 않는다.

'씁쓸하구먼…….'

준철도 이런 생리를 알았기에 이들의 환대가 마냥 달갑지만은 않았다.

군침을 잔뜩 흘려 대는 모습이 썩 부담스럽기까지 했다.

"듣자하니 어제 부임하셨다고요?"

"예."

"이거 참 뭐라 말씀드려야 할지……. 부임하시자마자 죄송하게 됐군요."

"괜찮습니다. 어차피 전 종합국 출신이라 따로 인수인계 받을 것도 없습니다."

공정거래
위원회

"그렇다면 다행이네요. 사실 공정위에서 종합국만큼 역할이 큰 곳이 없죠. 저희만 해도 인력 충원 안 되면 일을 진행할 수 없으니 원⋯⋯."

어쩐지 압박하는 소리로 들린다.

"괜찮습니다. 시간 바쁘실 텐데 바로 미팅 진행할까요?"

"아, 네."

과장 한 명이 눈짓을 보내자, 팀장들이 일사불란하게 흩어져 발표를 준비했다.

회의실이 금세 어두워졌고, 중앙 모니터엔 [닭고기 담합 의혹]이란 글자가 떠올랐다.

"먼저 사건 배경부터 설명드리겠습니다. 한국에 있는 양계장들은 모두 한국육계원 가입자로, 모든 생산품을 다 이곳에 납품합니다. 한육원은 이렇게 유통을 독점하여 주요 업체들과 거래를 하는데, 닭고기 시세는 여기서 결정 납니다."

피피티가 다음 장으로 넘어갔다.

"이 과정에서 시세를 인위적으로 조작한 정황이 발견됐습니다."

"오 팀장. 모르는 사람도 있을 수 있으니, 닭고기 시세 그 부분 좀 더 자세하게 설명해 봐."

'나를 위해서 재설명해 주겠다는 건가? 너무 극진한데⋯⋯.'

"예. 정확히 말해 생닭 시세는 상품뿐 아니라 운반비, 염장비, 기타 제비용 등을 더해 결정됩니다. 한데 한육원 측에서 운반비와 염장비 등에 가격 조정을 한 것 같습니다."

"닭값 하곤 전혀 상관없는 다른 비용을 조작했다?"

"그렇습니다. 이러면 시세 조작 티가 잘 안 납니다. 뿐 아니라 할인이 가능한 생닭 가격의 할인 폭을 대폭 제한하고 할인 품목을 축소해 버렸습니다."

뒤이어 등장한 피피티엔 폐기 처리된 닭고기들이 보였다.

"이건 작년에 유통사들이 폐기 처리한 상품들입니다. 보시는 바와 같이 거의 다 버렸죠."

"할인을 안 하고 그냥 버린 거네?"

"네. 조사해 보니, 유통사 측에선 할인을 해서 팔려 했답니다. 하지만 한육원의 압박으로 이를 진행하지 못했다 합니다."

때론 버리는 게 남는 거다.

가격 담합해서 한껏 닭 시세를 끌어 올렸는데, 마트가 할인 상품을 팔아 버리면 담합한 의미가 없어진다.

"이와 같은 징후가 얼마나 됐지?"

"저희가 파악한 것만 3년……. 하지만 담합은 최소 10년 이상 이어졌으리라 추정합니다.

가격만 담합한 게 아니다.

한육원은 생닭의 출하량도 줄여 버렸다. 이 때문에 생닭 시세는 10년 동안 무려 240%나 폭증해 버렸다.

"혹시 수요 때문에 가격이 증가한 요인은 없습니까?"

듣고 있던 준철이 처음으로 던진 질문이었다.

"물론 수요 문제도 있겠습니다. 하지만 이건 겨우 사람들이 치킨 더 시켜 먹는다고 증가할 만한 가격 폭이 아닙니다. 명백한 가격 조작입니다."

준철은 질문을 이었다.

"지금 증거는 얼마나 잡혔나요?"

"최근 3년치 자료는 거의 다 잡혔습니다만 한육원은 극구 부정하고 있습니다."

"무슨 변명을 댔죠?"

"소금값이 올라 염장비가 올랐고, 기름값이 올라 운반비가 올랐다. 그래서 닭값이 올랐다는데, 이건 말도 안 되는 수준의 얘깁니다."

회의실의 불이 켜지자 준철이 시선을 돌렸다.

"김 과장님, 이 가격 조작을 한육원이 혼자 주도했나요?"

"박수도 양손이 맞아야 치죠. 유통권을 꽉 쥐고 있는 한육원과 국내 10여 개 업체들이 조직적으로 참여했을 겁니다."

"그럼 조사 범위가 굉장히 확대되겠군요."

"네. 양계장뿐 아니라 주요 업체들을 돌면서 가담 증거를 찾아야 합니다. 저흰 이 담합액을 최소 2천억대로 추산합니다."

사실 그것이 오늘 준철을 초대한 이유기도 했다.

담합액만 2천억이라 전망하는 이 조사는 최소 7개 이상의 팀이 붙어야 한다.

　이는 카르텔국 인력만으론 감당할 수 없는 숫자였고, 부득이 인력 충원 요청으로 이어진 것이다.

　"흠……."

　고심이 깊어지는 준철이었다.

　"카르텔국에선 몇 팀이나 투입시킬 계획입니까?"

　"저희도 쥐어짜 봤는데, 인력이 녹록지 않습니다. 다섯 팀 투입이 전부예요. 종합국에서 두 팀만 충원해 주시면 참 좋을 것 같은데……."

　두 팀이라.

　불현듯 아까 팀장들이 남기고 간 협박 같은 부탁이 머리를 스쳤다.

　그 세 사람 중 하나만 데려가는 것도 무리일 것 같은데 두 팀은 절대 불가능이다.

　'아직 내가 그 사람들 휘어잡을 리더십도 없고.'

　사실 이건 설득하기도 민망했다.

　조사를 성공적으로 끝내도 어차피 카르텔국 실적이 될 사건인데 누가 의욕적으로 와 주겠는가.

　준철의 반응이 영 심상치 않자 김 과장이 급히 덧붙였다

　"이 과장님, 사실 저희가 시간이 좀 급합니다. 이놈들이 지금 분위기 눈치채고 축소에 들어갔거든요."

공정거래
위원회

"은폐 시도가 있었습니까?"

"네. 10년치 담합 다 들킬 것 같으면, 그냥 3년치로 합의 보자. 하는 첩보가 접수됐습니다."

"그 첩보는 어디서……."

"우연히 입수한 정보라 법원에서 증거로 쓸 수는 없습니다."

우연이 아니라 불법적으로 입수했구나.

준철은 그 말이 조금 마음에 들었다. 그래, 이런 열의라도 있는 걸 보면 진짜 담합 혐의를 잡고 싶긴 한가 보다.

"만약 인력을 충원해 주시면, 그 TF팀은 제가 직접 진두지휘할 계획입니다."

김 과장은 준철의 미묘한 표정 변화에 희망이 들었다.

왠지 모르게 긍정적으로 검토해 주는 것 같았다.

"딱 2개월. 7팀 정도 붙으면 제가 2개월 안에 이 사건 끝내놓겠습니다."

하지만 뒤이어서 들리는 말은 황당하기 그지없었다.

"그럼 이렇게 하시죠. 제가 그 TF팀 이끌고 2개월 안에 조사 마무리하겠습니다."

"……예?"

"충원은 괜찮습니다. 다섯 팀 주시면 제가 그 안에서 해결하겠습니다."

김 과장은 어이가 없었다.

요즘 종합국은 도와주기 싫다는 말을 이렇게 돌려서 하나?

"이 과장님, 그건 무리예요. 제가 20년 동안 기업들 담합 사건만 팠는데, 이건 최소 7개 팀이 필요합니다. 2개월도 저니까 약속드릴 수 있는 거고요."

"저도 비슷한 사건 맡아 봤는데, 더 적은 인력으로도 해 봤습니다."

"아니, 지금 말이 되는 소릴!"

"철강 비리, 8년 담합이었고. 군납 비리, 10년 담합이었네요. 그거 모두 거의 단독으로 끝냈습니다."

구체적인 이력이 나오니 무어라 대적할 말이 없었다.

방금 말한 사건들 모두 뉴스에 대서특필 된 사건 아닌가. 그중 군납 비리는 정치권의 모진 핍박에도 불구하고, 진상을 밝혀 낸 사건이었다.

김 과장이 말을 잇지 못하자 준철이 덧붙였다.

"지금 종합국에 남는 인력이 저밖에 없습니다. 마뜩치 않으시면 카르텔국 혼자서 하는 수밖에……."

공정거래
위원회

질 끝판왕 사망

한명그룹
김성균 본부장

TF장 이준철

"젊은 놈이 음흉한 구석이 있네. 인력을 주기 싫으면 싫은 거지, 왜 말을 저따위로 해?"

"그러게나 말이야. 우린 뭐 허수아비라서 못 하는 줄 알아?"

회의가 끝난 후.

카르텔국 과장들의 격한 불만이 쏟아져 나왔다.

닭고기는 유통 규모가 열 손가락 안에 드는 신선품이다. 이번 조사는 그 유통 과정 전반을 뒤져 어디서부터 담합이 이뤄졌는지 파악해야 하는 고난도 조사다.

7개 팀으로도 턱없이 부족하겠건만, 이걸 5개 팀으로 진행하겠다고?

"소문대로 아주 건방진 놈이구먼!"

이들에게 준철의 자신감은 도발로 느껴졌다.

"악의를 가지고 한 말은 아닌 것 같은데, 그만들 해."

"이게 어떻게 악의가 아니에요? 지는 5개 팀 데리고 할 수 있다잖아요. 그럼 우린 다 무능해서 7개 팀으로 하자는 거야?"

"내 팀장들 얼굴 보는데 쪽팔려서, 원."

이들은 소위 말하는 담합'통'들이었다. 공직 생활 내내 가격 담합만 조사한 전문가들.

그런 이들이 타 조사국 사람에게 한 방 맞았으니 울화통이 치밀 수밖에 없었다.

"무슨 심정인지는 아는데, 우리도 차분하게 생각 좀 해 보자."

"김 과장은 자존심도 안 상해?"

"종합국에 증원 요청한 건 우리야. 그 젊은 놈 욕해 봤자 우리 얼굴에 먹칠하는 꼴이라고."

김 과장의 말에 더 이상 험악한 소리는 나오지 않았다.

"우리끼리 있으니 냉정하게 생각해 보자. 그 친구 제안 어떻게 생각해?"

"그게 생각해 볼 문제야? 다섯 팀 가지곤 절대 어림도 없어. 그냥 국장님께 보고하고 우리 카르텔국 안에서 2팀 더 차출해."

"……오 과장님 그건 더 현실성 없어요. 이 다섯 팀도 겨우

공정거래
위원회

끌어다 모은 거 아닙니까."

"아니면 5팀이 7인분을 해 줘야지. 별수 있어?"

추후 방향은 카르텔국 안에서도 분분했다.

또다시 격렬한 회의가 오가던 끝에 김 과장이 다시 입을 열었다.

"그러지 말고 그냥 한번 맡겨 보는 건 어때?"

"뭐?"

"우리도 사람 하나하나가 아쉽잖아. 그 친구가 TF장 맡아 주면 우리도 편해. 팀장들이 우리한테 일일이 보고 안 해도 되니까."

TF팀이 출범하면 이를 진두지휘해 줄 지휘자가 필요하다. 하지만 이 자리에 모인 과장들 모두 이 일을 전담할 여유는 없었다.

"그 친구가 컨트롤타워 역할만 해 줘도 우리 일은 확실히 줄어. 본청에서 과장 생활 2년이나 해 봤으니, 팀장들 지휘하는 건 많이 해 봤을 테고."

"그렇다고 경험도 없는 놈한테 이걸 맡기는 건 좀……."

김 과장은 고개를 저었다.

"저 친구가 경험 없는 친구는 아니야. 예전에 여야 한번 뒤집어 놨던 군납 담합, 철강 담합 모두 저 친구가 팀장으로 있었을 때 맡은 사건이라고."

"아 맞다……. 저거 미친놈이었지!"

"근데 농축수산업은 달라. 조심히 접근해야 돼."

"비슷한 업종으로, 어민협동조합을 한 번 박살 낸 전력도 있더군."

"……진짜?"

과장들 사이에서 헛기침이 나왔다.

이 정도 이력이면 경험 없는 놈으로 치부할 순 없다.

"뭐 자신감인가 했더니만……."

"속는 셈치고 한번 맡겨 보자고. 뭐 자기 입으로 된다 했으니, 나중 가서 딴소리는 안 하지 않겠어?"

과장들이 슬금슬금 눈치를 봤다.

그래, 뭐 자기가 할 수 있다는데 맡겨 보는 것도 나쁘지 않지.

그렇게 닭고기 가격 담합 TF장은 자연히 준철이 맡게 되었다.

❦

'닭고기 담합이라.'

준철은 보고 자료를 샅샅이 훑어보며 긴 상념에 잠겼다.

확실히 이상하긴 하다. 생닭의 출하량과 할인률을 고의적으로 조작한 흔적이 보인다.

'잘만 하면 세 팀 정도로도 되겠는데?'

공정거래
위원회

아마 과거 팀장 시절에 이걸 봤다면, 혼자서도 하겠다 했을 것이다.

하지만 지금의 준철은 조금 달랐다.

사실 최영석 부회장과 만남 이후 준철에게도 큰 변화가 생겼다. 바로 더 이상 불명의 통증이 찾아오지 않았던 것.

수많은 사건을 만져 봤지만 늘 사건의 나침반이 되어 주었던 통증이 더 이상 찾아오지 않았다.

특별히 아쉽거나 섭섭하진 않았다. 본청에서 지낸 2년 동안 증명하지 않았나. 자신의 직감과 업무 능력으로도 월등한 실적을 올릴 수 있다는 걸.

아마 그 기연은 부회장과의 만남까지만 유효했던 것 같다.

'할 수 있어. 해 보자.'

자료 정리를 끝낸 준철은 인터폰을 들었다.

"TF팀. 전부 종합회의실로 모여 주세요."

❧

정식 TF팀의 첫 발표는 이전보다 더 긴장된 분위기 속에 진행되었다.

팀장들 모두 반신반의하는 표정들이다.

다른 과장들 모두 다섯 팀으론 안 될 거라 반대하는데, 저 젊은 과장은 그걸 할 수 있다 하니.

"자료는 다 읽어 봤으니 따로 설명할 필요 없습니다. 현 조사에서 뭐가 가장 큰 애로인지 말씀해 주세요."

준철의 말에 황기철 팀장이 일어났다.

"담합은 확실합니다."

그는 매우 확신에 찬 어조였다.

"비슷한 신선품, 농수산물을 조사한바, 이렇게 기하급수적으로 가격이 폭등한 품목은 없었습니다."

"그럼 몇 년치 담합으로 추정하십니까?"

"최소 3년, 아니 못해도 10년 이상일 겁니다."

"음……. 그렇게 장기간 동안 담합을 유지하려면 공모자가 많았겠네요?"

"네. 한국육계원뿐 아니라 이를 사는 주요 업체들 모두 이 담합에 가담한 것으로 추정됩니다."

"근데 생닭 시세가 오르면 이를 사는 업체들에겐 불리하지 않습니까?"

"당연히 업체들은 지정 시세를 내고 샀겠죠. 시중에 풀리는 생닭만 가격이 올랐을 겁니다."

지정 시세는 따로 공급하는 시세를 뜻한다.

이렇게 팔면 업체에 공급되는 가격은 싼데, 소비자들 밥상 물가만 높아진다.

"그리고 시중 가격이 올라야 가공품 가격 인상하기에도 용이합니다. 실제로 치킨, 삼계탕 등의 가공식품 가격은 생닭

공정거래
위원회

시세와 함께 꾸준히 올랐습니다."

시원한 보고에 준철의 기분도 좋아졌다.

"그럼 국내 유통권을 꽉 쥐고 있는 한육원을 먼저 쳐야겠군요."

"다만…… 거기엔 좀 애로 사항이 있습니다."

"말씀하세요."

"최근에 그들이 세력화할 조짐을 보이고 있습니다."

"세력화요?"

"네. 이게 지금 한육원에서 전국 양계 조합원들에게 보낸 공문입니다."

[가자 국회로!]

황 팀장이 어렵게 입수했다던 공문은 제목부터 무시무시했다.

[400만 양계 가족 여러분! 치솟는 사료비와 조류 풍토병 때문에 얼마나 고생들이 많으신지요. 우리는 국가의 먹거리를 책임지는 산업역군으로서 오직 사명감으로 일한다 해도 과언이 아닐 것입니다. ……(중략)…….

하지만 공정위의 일부 몰지각한 작자들은 그저 닭값을 내리기에만 혈안입니다. 저희 협회는 몇 차례 소환을 받아 현 생닭 가격에 문제가 있단 지적을 들었습니다. 일일이 나열하기 입 아프지만 요지는 결국 닭값을 내리란 통보에 가까웠습니다.]

닭값을 인하하면 그 피해는 고스란히 양계업자들에게 전가될 것이다. 모두 뛰쳐나와 시위에 참여해 달라.

이것이 협회장 양철기의 이름으로 발송된 공문 내용이었다.

공문을 다 읽은 준철은 미간을 짚었다.

"법으론 안 될 것 같으니 투쟁 노선으로 가겠다는 건가요."

"네. 이 때문에 양계 사장들의 협조도 요원한 상황입니다. 근데 이건 완전히 허위 날조 공문입니다."

"허위 날조요?"

"그렇습니다. 현재 생닭 시세가 비싼 건 유통 과정에 거머리들이 잔뜩 붙어 있기 때문이거든요. 그것도 협회 측과 주요 업체들이 짜고 잔뜩 부풀린 유통비로."

닭값은 비싸졌지만 정작 양계원에 돌아가는 돈은 별반 다를 게 없었다.

일전에 브리핑했듯, 현재 닭값은 운반비와 염장비 등에 거품이 잔뜩 끼어 있기 때문이다.

"어차피 저희가 지적하는 건 이 제반비를 지적하는 겁니다. 닭값을 인하해도 양계장에 갈 피해는 적습니다. 다만……."

"설득이 쉽지 않겠죠?"

"네. 그게 제일 문젭니다."

사실 이건 양계장 주인들을 탓할 수 없었다.

자신이 만든 상품 가격이 하락한다는데 누가 이성적으로 생각할 수 있겠나.

"양 회장도 이 점을 알고 양계장들 부추기는 데 혈안입니다."

만약 놈의 계획대로 세력화에 성공하면? 그땐 법이고 상식이고 다 필요 없다. 양계장들이 국회 앞에서 드러누우면 없던 법도 만들어져 생닭 시세를 비호해 줄 것이다.

"그럼 그 양 회장은 업계에서 평판이 어떻습니까?"

"임기가 3년제인 협회장을 3연임 했을 정도로 신망이 두텁습니다. 무엇보다 그가 부임한 시절에 생닭 시세가 꾸준하게 올라 줬으니……. 오히려 조사를 나간 저희 조사원들이 달걀 세례를 맞았을 정도입니다."

참으로 기가 찬 일이다.

따질 거 다 따지면 양계 조합의 주적이라 해도 될 만한 놈인데, 닭값을 크게 끌어 올렸단 이유 하나만으로 업계에선 신망이 두터웠다.

"그럼 이렇게 하시죠."

준철은 다섯 팀장들에게 시선을 돌렸다.

"제가 보기에 이 사건은 법과 상식보다 여론전이 더 중요할 것 같습니다."

"네."

"황 팀장님을 제외하고 나머지 네 팀장님들이 팸플렛 만들어 주세요. 생닭이 유통되는 모든 과정, 그리고 각 과정마다 얼마가 투입되고 있는지."

준철은 양 회장의 실체를 먼저 까발려서 확고한 신뢰부터 무너트릴 계획이었다.

"거기에 있는 숫자 다 밝혀지면 신뢰하는 게 더 힘들 겁니다."

"그걸 다 만드신 다음엔요?"

준철은 좀 미안한 얘길 꺼내야 했다.

"양계장을 직접 돌면서 설득을 해야죠."

"헉……."

"지금 저희를 적대하는 분위기가 큰데……."

"좀만 수고해 주세요. 곧 달걀 세례는 양 회장이 맞을 겁니다."

다들 침통한 얼굴이 되었다. 담합 사건은 보통 대기업들을 상대하는 일로, 실사 나간 조사관이 달걀을 맞고 돌아오는 일은 흔하지 않았다.

근데 그 지옥에 또 들어가야 하다니.

"……알겠습니다."

네 팀장들이 힘없는 목소리로 흩어질 때, 준철이 고개를 돌렸다.

"황 팀장님은, 다른 분보다 이 사건에 대해 더 많이 알고 계시네요."

"네. 양계장에서 첫 빠따로 달걀 맞은 게 저희 팀입니다. 지금 나온 보고서도 거의 저희가 작성한 내용이고요."

"그럼 혹시 양 회장도 만나 보셨습니까?"

"네. 아주 표리부동한 놈입니다."

황 팀장 목소리엔 노기가 서려 있었다.

"우리랑 만날 땐, 다 잘못했다 법대로 처벌받겠다 하면서 뒤에선 이런 일을 꾸몄더군요."

아직도 놈의 얼굴을 생각하면 이가 갈린다.

"처음엔 소환 조사에도 성실히 임하더니, 나중에 상황이 좀 유리해진다 싶었던지 이젠 공문에 반응도 안 합니다."

"믿는 구석이 생겼나 보군요."

"네. 상황 파악 빠른 아주 뱀 같은 놈이에요."

준철은 웃으며 말했다.

"그럼 그분 빠른 시일 안으로 면담 좀 잡아 주세요. 제가 직접 만나 보겠습니다."

ↄ

축구협회장은 꼭 축구 스타만이 오를 수 있는 자리가 아니다.

그것은 배구, 빙상, 축산, 농수산 등 유수의 협회들도 마찬가지다.

한국육계원 양철기 협회장 또한 양계 시장과는 무관한 사람으로, 그는 농림축산부에서 과장을 역임한 관료 출신이었다.

- 닭똥도 안 치워 본 놈이 어떻게 육계원 회장이야!
- 집에서 삼계탕이나 끓여 봤겠어?

당연히 전국 양계 조합원들의 극렬한 반대에 부딪혔지만, 그는 부임 2년 만에 이러한 우려를 완전히 불식시켰다.

정부가 닭고기 관세를 인하할 조짐을 보이자, 세력을 규합해 무산시켜 버렸고.

조류 인플루엔자가 돌면 폐기 처분 보상금을 톡톡히 받아 내 주었다.

- 암, 협회는 조합원들의 이익을 보호해 주는 곳이지.
- 그런 건 책상물림이 잘해.

그렇게 쌓은 신망으로 그는 3년짜리 임기인 한육원장을 무려 세 번이나 연임했다. 지난 10년 육계 시장은 양철기의 일인독재였다 해도 과언이 아니다.

공정거래
위원회

하지만 달이 차면 기우는 법.

임기 중반부터 그는 이따금씩 이상한 지시를 내려 조합원들을 곤혹스럽게 만들었다.

멀쩡한 병아리를 폐기 처분 하라지 않나, 생닭 출하량을 줄이라지 않나, 보통 헐값에 파는 노계(老鷄)를 싸게 팔면 경고를 주지 않나.

도무지 이해할 수 없었지만, 양계업자들은 불만을 터트릴 수 없었다.

물량을 엄격히 통제한 덕분에 해마다 생닭 시세가 올라 주었기 때문이다.

─근데 왜 이렇게 우리한테 떨어지는 돈은 없지?

─맞아. 출하량 통제 하나 안 하나 마진은 그대로야.

─그리고 우리끼리 출하량 조정하는 거, 불법 아닌가?

─그런 소리 마. 양 회장이 가격 방어 안 해 줬으면 이것도 못 건졌어.

─불법은 닌장! 지금 닭값 시세 유지 못 하면 양계장 태반이 다 망한다!

닭고기의 원가가 오른 게 아니라, 염장비와 운송비만 올랐으니 남는 돈이 없을 수밖에. 하지만 이런 얘기는 전문가가 자세히 따져 보지 않는 한 알기가 힘든 법이다.

대신 협회 이름으로 발송된 투쟁문은 직관적이라서 이해하기 쉬웠다.

[닭고기 값이 내려가면 그 피해는 누가 입겠습니까?]

한마디로 죽는다.

지금도 빠듯한데, 닭고기 값이 내려가면 그야말로 개죽음이다.

공문을 받은 전국 양계 조합원들은 공통적으로 생각했다. 생존권을 위해서라도 공정위의 미친 만행을 막아야 한다!

"어떻게 되어 가나?"

"예, 협회장님. 오늘 양계 조합원들의 10만 서명이 완료되었습니다. 농림축산부, 시도관계자, 국회 등 압박할 수 있는 곳에 다 보내려 합니다."

양철기는 끌끌 혀를 찼다.

"개싸움 한번 나겠구먼."

"예."

"그러니까 상대를 좀 봐 가면서 건드릴 것이지. 쯧쯧."

양 회장은 책상에 놓인 공정위의 공문을 째려봤다.

[생닭 시세와 관련한 소명 요구장] 그렇게 쓰여 있는 서류엔 온갖 민감한 얘기들이 다 담겨 있었다.

왜 닭고기 원가보다 염장비, 운송비 등이 더 드는 것인지, 양계장에 병아리 폐기 처분은 왜 내린 것인지……. 이건 사실 소명장이 아니라 '경고장'에 더 가까웠다.

이미 증거를 다 잡았다고 공정위가 압박을 하고 있는 것이다.

"만약 시위에 나서면 얼마나 모일 것 같아?"

"서명을 10만이 했으니, 최소 3천명 이상은 모일 겁니다."

"김 지사, 일을 그렇게 물러 터지게 해서 되겠어?"

"……예?"

"요즘 시대가 어떤 시댄데 3천 명 가지고 시위야! 그거 모은다고 뉴스에 나오겠냐고!"

양 회장은 절대로 공정위 소명 요구에 순순히 응할 생각이 없었다.

이건 정공법으론 답이 안 나오는 싸움이다. 이미 담합 증거 상당수가 잡혀 버리지 않았나.

이걸 타개할 유일한 방법은 여론전이며, 그는 국회의원들이 이쪽 업계 사람들에게 약하다는 걸 경험적으로 알고 있었다.

"좀 더 부채질해! 닭값 내려가면 양계장 절반이 파산이다, 양가 농장의 이익을 위해 협회가 대신 칼질 당하는 거다. 응?

좀 호소력 있게 설득 하란 말이야."

"아, 예."

"최소 1만. 시위꾼을 사든, 사돈에 팔촌까지 동원하든 반드시 광화문 앞에 1만 명 운집시켜."

"예……. 책임지고 모으겠습니다. 서명도 20만으로 늘려서 당장 국회로 보내겠습니다."

김 지사가 허둥지둥 나가려 할 때, 양 회장이 다시 그를 불렀다.

"김 지사, 이거 지금 조사 누가 하는지는 파악했어?"

"예. 이준철 과장이라고 이번에 새로 부임한 과장이더군요."

이준철?

처음 들어 보는 이름이다. 양 회장은 이미 공정위에 다섯 차례나 소환되며 카르텔국 과장들 신상은 다 꿰고 있었다.

"알아 보니 행시 출신의 종합국 과장이었습니다."

터럭 웃음이 났다.

행시 출신이면 고작 서른 줄의 애티도 못 벗었을 터. 게다가 종합국이면 담합 사건 전문가도 아니다.

"안 그래도 지금 계속 만나자고 압박하는데……. 어떡할까요."

"내가 지금 이놈 만나는 건 전략적으로 좋은 선택이 아니야."

말은 그리했지만 이미 다 잡힌 증거에 변명할 말도 마땅치 않았다.

"대신 이 공문 뒷장만 복사해서 조합원들한테 돌려. 투쟁 독려문과 함께."

"앞장이 아니라 뒷장요? 거긴 TF팀 전화번호밖에 없는데요?"

째릿─.

양 회장이 다시 살기 가득한 눈빛을 보냈다.

"아, 예. 예. 분부하신 대로 하겠습니다."

◎

오늘도 가장 일찍 출근한 준철은 구석진 자리에서 팩스기만 바라보고 있었다.

한육원에 소명 요구를 보낸 지 벌써 한 달째.

답변이 도착하고도 남을 시간이었지만 어째 감감무소식이다.

그사이 TF팀은 양 회장 주도로 병아리를 폐기 처분 한 정황과, 생닭의 출하량을 제한했던 정황을 포착했다.

이번 담합에 한육원과 기업이 공모한 정황도 한둘씩 밝혀지고 있던 터였다.

"공문 뒷장에 저희 TF팀 전화번호 남긴 것 맞나요?"

"예."

"아니면 우리의 연락을 기다리는 걸까요?"

"사실 그 뒤에 저희 쪽에서 몇 차례 연락을 해 봤습니다만……. 책임자가 늘 부재중이어서 연락이 닿지 않았습니다."

TF팀도 새로운 증거가 발견될 때마다 2차, 3차, 4차 공문을 보내 가며 그들에게 해명을 요구했다.

하지만 보내는 공문마다 함흥차사다.

"부재중이면, 왜 다시 연락이 안 올까요?"

"이번 달엔 예정된 미팅이 많아 시간을 내기 어렵다고……."

"에휴-."

뒷얘긴 들어 보고 말 것도 없다.

한육원이 공정위의 전화를 피한다는 건 확실해졌다.

"그럼 이제 기소해 주세요."

김 팀장의 눈이 함지박만 하게 커졌다.

"상대는 앞으로도 우리 전화 안 받을 겁니다. 먼저 연락 올 가능성은 더욱 희박하고요."

준철은 지겹고 힘든 이 짝사랑을 오늘 그만둘 계획이었다.

"과장님, 정말 기소를 이렇게 쉽게 하신다고요?"

"쉬운 결정 아니었습니다. 무려 한 달이나 기다렸는데."

"물론 그 심정은 압니다만 기소는 자칫 자충수가 될 수도 있습니다."

공정거래
위원회

"자충수라뇨. 증거가 이렇게나 많은데."

누가 지금 증거 얘기를 하고 있나!

상대는 축산 업계를 대표하는 육계조합원이다.

농축산업은 한국에서 사실상 안보 산업으로 분류되며 정부가 유통 독점까지 허락해 줄 만큼 많은 편의를 봐주고 있다.

파업에 염증을 느끼는 국민들도 쌀직불금, 축산 보조금 등의 시위에 대해선 그런 대로 이해해 주는 편이다.

양 회장이 공정위를 상대로 안하무인 할 수 있는 것도 이러한 배경에 뒷받침되어 있어서다. 한데 그 협회 측을 바로 기소해 버리겠다니!

'이건 법과 상식으로만 풀 수 있는 문제가 아닌데……'

김 팀장이 그리 생각할 때, 준철이 말했다.

"뭘 걱정하시는지 아는데요. 지레 겁먹으면 아무것도 해결 못 해요."

이게 과연 지레 겁일까.

"과장님, 이건 괜한 겁이 아닙니다. 그 사람들은 진짜 합니다."

김 팀장은 그렇게 생각하지 않았다.

"농어민들은 정말 광화문에서 촛불 시위, 버스 시위, 무력 시위 할 수 있는 거 다 하는 사람들입니다. 솔직히 전 벌집을 굳이 쑤실 필요가 있나 싶습니다. 힘들겠지만 그래도 대화와 타협으로 하시는 게."

"그래서 대화 좀 하자는데, 대화를 안 하겠다잖아요."

"⋯⋯."

"호랑이가 안 나오면 굴로 들어가는 수밖에 없어요."

준철도 그의 심정을 충분히 이해했다.

축산업자들 상대로 싸우는 게 내키지 않을 것이다.

"그리고 엄밀히 말해 저흰 축산업자들과 싸우는 게 아니에요. 도와주는 거지."

"⋯⋯도와준다뇨?"

"생닭 한 마리가 2천 원인데, 원가가 천 원. 나머지는 다 운송비와 염장비예요. 근데 어떻게 닭을 사육하는 사람보다 운반하고, 염장하는 사람이 더 받습니까?"

유통 과정에서 피라미가 너무 붙어 있다. 그 피라미 중엔 분명 협회 고위직과 결탁한 사람도 있을 것이다.

그게 아니면 양 회장이 이렇게 공정위를 피해 다니지 않겠지.

"정말 끝장 수사를 하실 모양이군요."

"네. 이 담합은 너무 오래됐습니다. 그야말로 카르텔의 끝판 왕이에요."

"알겠습니다."

김 팀장은 곧 준철의 지시에 따랐다.

준철은 처음으로 과장이란 직책의 편리함을 느꼈다.

사실 과거 팀장이었으면 생각도 못 해 볼 지시 아니었나.

민감한 결정은 지휘부인 과장님의 결정이 필수였다.

'결재 라인 하나 없어졌는데도 일이 엄청 편하네.'

그렇게 생각하고 있을 때, 불명의 전화번호가 핸드폰에 울렸다.

"여보세요?"

―당신이 이준철이오?

"예. 제가 공정위 이준철 과장입니다만…….."

―야 이 똥물에 튀겨 죽일 새꺄! 치킨 만들 때 쓰는 닭은 하늘에서 뚝 떨어지냐? 국민 세금 받아먹는 놈이 왜 국민을 못 잡아먹어 안달이야!

너무 당황해서 말도 나오지 않았다.

"그게 무슨 말씀이시죠?"

그렇게 물었지만 이미 전화는 끊겨 버렸다.

그러길 잠시.

또다시 불명의 번호로 전화가 걸려왔다.

"여보세요?"

―당신이 이준철이에요?

"……."

―맞네. 이 미친놈! 야. 너 양계장에서 닭똥 안 치워 봤지? 우린 그 닭 하나 팔아서 겨우 400~500원 남겨 먹어. 근데 그걸 깎아? 네가 사람 새끼냐!

그것을 신호로 고요했던 TF사무실에 전화가 빗발쳤다.

―이 세금 버러지들아!

-닭 똥물에 튀겨 죽일 새꺄!

-의사당이랑 공정위 사무실이랑 엄청 가깝던데 각오해!

-닭 우는 소리로 하루 종일 괴롭혀 줄 테니까!

🌀

"허허~ 안녕들 하셨습니까?"

전화 폭탄이 이어진 다음 날.

양철기 회장이 예고도 없이 TF사무실을 방문했다. 조사 면담은 최소 일주일 전에 잡는 게 관례이건만, 그는 제집 안방처럼 편하게 들렀다.

"결례를 용서하십쇼. 날짜를 잡고 방문하려 했는데, TF팀 번호와 과장님 핸드폰이 모두 꺼져 있더군요."

사실 TF팀 전화기는 모두 전선을 뽑아 놓은 상태였다.

TF조사단은 어제 하루 온종일 민원 전화에 시달려야 했다.

불명의 전화에선 원색적인 비난이 쏟아졌고, 조사단들은 이제 전화기만 울려도 경기를 일으킬 지경이었다.

"네. 실력 구경 한번 잘했습니다. 아직도 귀청이 떨어질 것 같군요."

이 사태의 모든 원흉이 누구겠는가.

양 회장은 굳이 부정하지 않고 껄껄 웃음을 보였다.

"피곤한 건 피차 마찬가집니다. 무고한 저도 공정위의 소환 조사에 얼마나 시달렸는지, 원."

"무고하시다고요?"

그런 놈이 소명 요구를 한 달째나 거부해?

"뭐 엄격한 법적 절차를 적용하면 실수한 게 몇 있겠죠. 하지만 큰 그림을 봐 주세요. 우리 축산업자들. 열악한 환경에도 굴하지 않고 국민들 먹거리 사업에 이바지하고 있습니다. 말이 가벼워 먹거리 사업이지, 식량안보사업의 역군들이라 해도 과언이 아닐 겁니다."

그는 관료 출신답게 말 한번 뻔지르르하게 잘했다.

"닭값 시세 줄인다고 국민들 살림살이가 얼마나 나아지겠습니까? 축산업자들은 모두 사명감으로 일하는 사람들입니다. 부디 저희들의 의욕을 꺾지 말아 주십쇼."

가만히 들어 주던 준철이 입을 열었다.

"저희가 의욕을 꺾는 게 아니라요. 지금 그 의욕을 꺾고 있는 놈들을 때려잡겠다는 겁니다."

"……예?"

"한육원이 병아리 감축을 지시했더군요. 멀쩡한 닭도 살처분하고. 이건 일을 더 하겠다는 사람들 뜯어 말린 거 아닙니까?"

양철기는 눈썹을 치켜떴다.

분명 어제 폭탄 민원으로 혼쭐이 단단히 났을 텐데?

고분고분해진 태도를 기대했지만 상대의 눈엔 오히려 독기가 가득했다.

"대답 못 하시는 걸 보니 역시 물량 감축 지시하셨네요."

"출하량 조절하는 건 양계 업계에만 있는 게 아니에요. 물량이 너무 많아지면 가격이 폭락해 모두가 죽는다고."

준철은 시답지 않게 웃었다.

"해서 저희도 그때 당시 생닭 시세를 알아봤거든요? 근데 출하량 조절했을 땐 생닭 대란이라 불렸을 만큼, 시세가 천정부지로 솟았던 때예요."

"그건……."

"심지어 닭값은 10년 동안 다른 식자재에 비해 월등히 인상되어 왔습니다. 그런 상황에서 물량 조절했던 이유가 뭡니까?"

이유가 딱히 있겠나. 원래 모자랄 때 물량을 통제해야 가격이 더 잘 치솟는다.

양철기는 혀를 차며 말을 이었다.

"제가 인정을 안 하겠다는 게 아닙니다. 불철주야 고생하는 양계 농장들의 노고를 생각해 달라는 겁니다. 생닭 시세? 그래 봐야 200~300원뿐이 안 오릅니다. 이 금액이 행정 처분 대상입니까?"

"협회장님, 그럼 그 돈이 정말 양계 농장주들의 주머니로 갔습니까?"

"……예?"

면전에 서류를 들이대니 눈이 휘둥그레진다.

"생닭 시세 절반이 다 염장비와 운송비더군요."

"……."

"마진을 분석해 봤는데 닭의 원가는 거의 평이했습니다. 오른 건 염장비와 운송비 등의 제반 비용이에요."

현재 생닭 시세는 기업들의 이익만 높아지는 구조였다.

닭의 원가는 평이하게 올랐고 가공비만 잔뜩 높았으니까.

실제로 국민들의 닭고기 수요는 폭발적으로 늘었는데, 전국 양계장 현황은 되레 줄어 있었다.

"담합으로 얻은 이익이 딴 주머니로 갔으니 이런 역주행이 나왔겠죠?"

반면에 생닭을 가공하는 주요 업체들의 영업 실적은 미어 터질 지경.

양계장은 폐업하기 바쁜데 닭을 취급하는 업체들은 문어발로 사업을 확장하기 바빴다.

정말이지 우스운 일이었다.

놈의 말대로 한육원은 양계 농장들의 이익을 대변하는 곳이다. 그럼 기업들의 가공비에 강하게 항의하고 가격을 낮춰야 한다. 그렇게 닭을 하나라도 더 팔아야 양가 농장에 이익이 돌아가지 않겠나.

그래야 할 놈이 병아리 감축을 지시하고, 멀쩡한 닭을 살처분했다. 마진이 크게 늘지 않았는데 물량도 없으니 양가 농장 폐업으로 이어지는 건 당연한 수순이다.

"어째 말씀이 좀 이상하게 들립니다? 우리가 기업들하고 결탁하기라도 했다는 거요?"

"우리가 아니고 당신이."

"뭐, 뭐?"

"10년 동안 협회장 자리를 꿰차고 있던 건 본인 아닙니까."

"이놈이 어디서!"

"거기에 대한 답을 들어 보고 싶었는데, 갑자기 민원 폭탄이 도착하더군요."

준철은 싱긋 웃었다.

사실 아리까리하던 차였는데, 덕분에 확신하게 됐다.

"대체 업체들과 무슨 관계입니까?"

쾅—!

"젊은 새끼가 못 하는 말이 없어!"

준철도 이젠 공무원 생활 5년 차로 나름의 노하우가 있었다. 상대방이 이렇게 발끈하면 대부분 다 맞게 조사하고 있단 것이다.

양철기가 노발대발해 대자 준철이 고개를 저었다.

"이런. 나머지 얘긴 검찰에서 들어야겠군요."

"뭐?"

"기소장입니다. 만약 자백하신다면 축산 업계 특성을 고려

해 과징금과 행정 명령에서 끝내겠습니다. 협회 간부들의 형사 처벌 없어요. 하지만 계속하신다면 저희도 어쩔 수 없습니다."

양철기는 면전에 대고 기소장을 찢어 버렸다.

자백을 하면 형사 처벌을 안 할 수가 없는 내용들이었고, 딱히 이 젊은 놈이 약속을 지킬 것 같지도 않았다. 그냥 조사를 빨리 끝내려고 해 보는 말이다.

"나야말로 경고 하나 하지. 양가 농장의 투쟁이 민원 전화로 끝날 거라 생각하지 마."

"왜 자꾸 양가 농장을 끌어들여요. 우린 지금 협회랑 업체들의 관계가 수상스러운데?"

"그게 물과 기름처럼 분리가 되는 줄 알아? 우리가 업체랑 협력해 가격을 끌어 올렸지만 그 이익은 양가 농장에 돌아가기도 했어. 만약 가격 떨어진다 싶으면 그 사람들이 가만있을 거 같아?"

젠장. 녹음기를 왜 안 켜 두었을까.

놈은 얼마나 급했는지 협박하는 와중에 담합 사실을 인정해 버렸다. 물론 이미 증거가 수두룩해서 당사자의 자백이 딱히 중요한 건 아니다.

"시위라도 하시게요?"

"겨우 그걸로 끝날까. 농림식품부에 진정 걸어서 당신 징계시킬 거야."

"제가 뭘 잘못했는데요?"

"축산 업계에서 출하량 조절하는 건 아주 오래된 관행이다, 공정위가 직권을 남용해 국가에서도 인정한 독점 유통권을 흔들려 한다. 이는 양계 농장의 생존권이 위협받는 일이다."

"그 무슨 말도 안 되는……."

"이와 같은 잣대는 풍년에 밭 갈아엎는 농부들도 구속감이다. 행정권을 남용하고 있는 네놈을 파면시켜 달라."

그는 확실히 관료 출신다웠다.

공무원들이 무엇에 약하고, 귀찮아하는지 정확히 안다.

"내가 못 할 거 같으면 기소해 봐. 어디 한번 끝장을 보자고."

그는 처음에 왔던 그 득의양양한 모습 그대로 자리를 떠났다.

❧

준철은 다시 한번 과장이란 자리의 편리함을 느꼈다.

보통 이런 난리가 터지면 조직에선 재고에 들어가기 마련이다. 절차적 하자가 없었는지 수없이 확인하고, 증거 자료를 다시 검토한다.

상대가 노조, 농어민처럼 극성스러운 집단이면 원점 재검토에 들어갈 수도 있다.

"기소 처리. 오늘 내로 해 주세요."

하지만 준철은 이 사건을 오래 끌 마음이 전혀 없었다.

이미 잡힌 명확한 증거들. 거기에 직접 찾아온 양 회장이 쐐기까지 박아 줬다.

"……저희 정말 괜찮을까요?"

팀장들은 한 차례 겪은 폭탄 민원으로 이미 공황에 빠진 상태였다.

"민원 전화는 예고편에 불과할 겁니다. 다음 투쟁은 무조건 여의도 시위예요."

상대가 상대인 만큼 신중하게 움직이고 싶었다.

"과장님, 똥이 무서워서 피하는 게 아니잖아요. 살짝 돌아가는 것도……."

"가야 할 길이면 앞길이 똥밭이라도 밟고 가야죠. 여기서 주춤하면 저쪽은 더 과격해집니다."

준철도 어지간하면 봐줄 요량이었다. 배추 농사 풍년이라고 밭 갈아엎는 게 어디 뭐 기상천외할 일인가?

농수산물의 출하량 담합은 정부도 적당히 묵인해 주는 작은 편법 중 하나다. 맑은 물에 고기가 살 수 없듯, 하나하나 따지고 들면 한국에서 농업에 종사할 사람 없다. 실제 한국이 축산업 하기 좋은 환경도 아니고.

하지만 득의양양 찾아온 양 회장이 확신을 주었다. 닭고기 유통 시장은 뿌리부터 썩었을 거라는.

이 구조를 개선하지 않으면 축산업자들의 근로 환경은 더욱 열악해진다.

"모두 맡은 바 소임 다해 주세요. 책임은 제가 지겠습니다."

"알겠습니다."

[공정위 - 치킨과의 전쟁?]

[한국육계원 담합 조사, 생닭 시세 크게 부풀렸다고 설명.]

[프랜차이즈들도 가담자? 10여 곳 나란히 영장 신청]

준철의 지시에 따라, TF팀은 협회 간부 다섯 명을 검찰에 고발했다.

이와 함께 국내 프랜차이즈 십여 곳에 나란히 압수수색영장을 신청했다.

만약 담합으로 생닭 시세를 올린 것이면, 업체들의 거래 내역에 그 수상한 흔적이 남아 있을 것이다.

"이, 이 미친놈이!"

뉴스가 터진 당일.

양 회장은 뒷목을 잡고 넘어가 버렸다.

"이 새끼 재정신이야?!"

이 모두 불과 사흘도 되지 않아 펼쳐진 일이다.

공정위 전화기를 다 먹통으로 만들어 놨는데, 조금도 위축되지 않았다.

"……회장님. 아무래도 저희가 전략적으로 실패한 것 같습니다. 그자는 상식적인 놈이 아니에요."

"여의도 앞에서 시위를 펼쳐도 눈 하나 끔뻑 안 할 것 같습니다."

조사에도 밀당이란 게 있다. 이쪽에서 민원 폭탄 한번 날렸으면, 그쪽도 사려야 하는 게 이 바닥 룰이다.

한육원은 그렇게 처벌 수위를 적당히 협상하고, 마지막엔 못 이기는 척 승복하려던 차였다.

하지만 그 젊은 놈은 정말 타협할 생각이 추호도 없는 것인지, 바로 돌아올 수 없는 강을 건너 버렸다.

"어떡하죠? 프랜차이즈 업체 10여 곳에도 영장을 신청했습니다."

"압수수색 들어가면, 업체들이 사재기한 정황도 나올 겁니다."

당연하지만 이 담합은 한육원 혼자 결심한다고 될 만한 일이 아니었다.

담합에 공모한 업체들은 생닭을 순번대로 사재기해 냉동시키거나 폐기해 버렸다.

협회의 물량 통제와 업체들의 사재기.

이는 만성적인 공급 부족으로 이어졌고, 그럴 때마다 생닭 시세가 천정부지로 솟았다.

업체들은 이 시세를 근거로 치킨 등의 가공품 가격을 올렸다.

생닭 시세를 500원 정도 끌어 올리면, 가공식품에서 3~4천 원 이상 올려 버릴 수 있으니 폐기시킨 닭값은 본전을 뽑고도 남았다.

"자칫하면 지금까지의 담합을 다 들킬 수도 있습니다."

그렇게 짬짜미해 왔던 게 벌써 10년.

과징금이 얼마나 떨어질지는 예측도 되지 않는다.

양 회장은 침음성을 삼켰다.

"일단 업체들 연락해서 회의 한번 소집해. 그리고 공정위 규탄 시위 서둘러!"

질 끝판왕 사망

한명그룹
김성균 본부

양계 농장 총파업

강남에 위치한 어느 한 일식 집.

매니커, 한림, 하봉 등 굴지의 닭고기 업체 사장단들이 경색된 얼굴로 자리를 지켰다.

젓가락질도 함부로 못 할 만큼 분위기는 무거웠다.

"양 회장님."

한 사장이 침묵을 깨고 입을 열었다.

"분명 그때 공정위와 얘기가 잘되어 간다 하지 않았습니까? 권고로 끝날 문제라 하셨던 것 같은데."

양 회장은 공정위에 다섯 차례나 소환됐지만 늘 별일 아닌 일이라는 듯 설명했다.

터무니없는 거짓말은 아니었다. 공정위는 축산 업계의 강한 반발을 우려, 좀체 조사 속도를 못 내던 터였다.

그랬던 일이 과장 하나 바뀌고 이 지경에 이른 것이다.

"대답을 좀 해 보세요. 공정위가 영장을 신청했다는 건 형사 처벌도 고려하고 있다는 거 아닙니까?"

"대체 상황이 어떻게 돌아가는 겁니까?"

사장단들의 분노는 극에 달했다.

그도 그럴 것이 이 모임은 한두 해, 한두 번 있던 자리가 아니었다. 한육원과 주요 업체들은 장장 10년 동안 생닭 시세를 끌어 올렸는데, 담합 이익이 얼마였는지는 이제 계산조차 되지 않을 정도다. 이는 곧 막대한 과징금이 부과될 것이란 얘기이기도 했다.

사장단들의 목소리가 격앙되자 한 사내가 식탁을 두드렸다.

"지나간 얘긴 그쯤 합시다. 오늘은 앞으로 어떻게 수습할지 논의하기에도 바쁘다고."

국내 1위 업체인 〈한림〉의 최 사장이었다.

"양 회장님, 이젠 우리도 솔직한 말을 들어 볼 때 같군요. 현재 공정위 조사가 어디까지 진행된 겁니까?"

"……많이 좋지 않습니다. 일단 우리 육계 협회가 출하량 조절한 건 들켰습니다."

"병아리 감축과 생닭 살처분 지시한 정황 말인가요?"

"예."

"시세가 폭락하면 양계 농장의 피해가 극심했을 거라 둘러대 보세요. 그건 축산 업계 특수성으로 충분히 변명할 수 있지 않습니까?"

양 회장은 침통한 얼굴로 고개를 저었다.

"하필 제가 감축 지시를 내렸을 때가 생닭 대란이라 불렸던 때라……. 변명이 통하지 않을 것 같습니다."

현대 과학의 발달로 병아리가 닭고기가 되기까지 채 한 달이 되지 않는 시대가 됐다.

이는 곧 시장 상황에 따라 얼마든 납품량을 조절할 수 있다는 얘기다.

사실 한육원이 출범한 이유도, 시장 변화에 유기적으로 대응할 컨트롤 타워가 필요했기 때문이었다.

하지만 시장에 품귀가 빚어져도 협회에선 오히려 감축을 지시했으니, 빼도 박도 못할 담합 증거다.

"물론 이것 자체로는 크게 문제가 되지 않을 겁니다."

진짜 큰 문제는 그다음이다.

"저희가 물량을 통제할 때, 업체 측에서 사재기한 사실도 파악한 모양이더군요."

업체들은 불난 집에 기름을 끼얹었다.

이들은 삼계탕이 금계탕 소리를 들을 때, 시장에 얼마 없던 생닭마저 사재기해 시세를 더 끌어 올렸다. 이는 한육원이 출하량을 늘리지 않을 것이란 약속 없인 절대로 할 수 없는 행위다.

이렇게 인상된 가격을 빌미로 치킨, 닭 가슴살 업체들은 일제히 가격을 인상시켰다.

업체 사장 중 하나가 다급하게 말했다.

"그거까진 들켜선 안 됩니다. 양계 농장을 위한 일이었다, 뭐 이렇게 빠져나갈 수 없어요?"

근데 그렇게 번 돈이 양계 농장 소득으로 돌아갔는가? 그것은 또 전혀 다른 얘기였다.

닭 시세 대부분은 운송비와 염장비 장난으로, 이 또한 기업의 주머니를 배 불리는 일이었다.

"공정위가 그렇게 호락호락할 것 같진 않습니다."

양 회장의 설명이 끝나자 사장들의 안색이 새파래졌다.

생닭을 사재기한 적이 몇 번이었더라……? 염장비와 운송비 장난질한 건 감추지도 못할 텐데……?

압수수색을 당함과 동시에 구속영장까지 날아올 것 같다.

현재 닭고기 시장은 한육원이 각본을 짜고, 업체들이 제작비를 댄 한편의 사기 영화나 다름없었다.

〈한림〉의 최 사장은 긴 한숨을 내쉬었다.

"그렇다고 아무 대책도 없이 우릴 부르진 않았을 거라 봅니다. 앞으로 어떻게 하실 생각인지요?"

"일단 농림식품부에 진정을 걸어 축산 업계의 특수성을 설명했습니다. 그럼 그쪽에서 제동을 좀 걸어 줄 겁니다."

공정거래
위원회

이는 임시방편일 뿐이다.

전력질주로 달려오는 상대방에게 허들 몇 개 설치한다고 막을 순 없다.

"또한 전국에 있는 양계 농장들에 시위를 독려하고, 파업에 동참시키고 있습니다."

"양계장 시위가 공정위에 먹힐까요?"

"그놈들한텐 안 먹혀도, 그놈들이 어려워하는 놈들한텐 먹힙니다."

공정위가 어려워하는 놈들은 바로 국회의원들을 뜻한다.

"마침 의사당과 공정위 사무소가 가까운 곳에 위치하더군요. 총력을 동원해 여의도를 뒤집어 놓을 겁니다."

양 회장은 깡도 좋고, 머리도 비상한 사람이었다.

국회의원들이 농축수산업계를 얼마나 어려워하는지, 그리고 시위를 얼마나 무서워하는지 잘 안다.

만약 양계 농장주들이 한곳에 모여 대대적인 시위를 한다면?

이는 곧 국회의원들 귀에도 들어갈 것이고, TF팀 신경도 거슬리게 만들 것이다.

정치는 생물이다.

비록 법적으로 잘못됐다 한들, 축산민들의 시위를 외면하는 국회의원은 없을 것이다.

적당한 타이밍에 거물급 국회의원이 중재하면 마지 못하

는 척 항복해 버릴 계획이었다.

"그거 괜찮은 생각이군요."

"그나마 제일 나은 것 같습니다."

"시위꾼 필요하면 우리도 돕겠습니다."

사장들도 양 회장의 이 말만큼은 동조해 주었다.

양 회장은 자신감 가득한 목소리로 말했다.

"다들 걱정이 많겠지만, 너무 염려 마십쇼. 이 문제는 나와 우리 양계 가족들이 한번 돌파구를 마련해 보겠습니다."

✿

—양계 농장 탄압하는 파렴치한 공정위를 규탄한다!

—규탄한다, 규탄한다!

—국가 세금으로 운용되는 공정위! 국가 먹거리사업 망치는 매국노!

—매국노! 매국노!

이튿날 아침, 여의도 아침은 수탉 울음소리가 깨웠다.

수많은 양계 농장주들이 모여 의사당과 공정위 앞을 점령했던 것이다.

—생닭 시세 인하! 축산 업계의 생존권 위협!

—양가농장 총파업 D-5, 국회가 결단하라!

공정거래
위원회

이들은 조사가 더 진행되면 아예 닭 공급을 중지하겠다고 선언했다.

양계 농장은 한 다리 건너 다 아는 사람이고, 단합력도 좋다. 이들이 한다면 그렇게 될 가능성이 높았다.

사정을 전혀 모르고 출근하던 준철은 아침부터 큰 곤욕을 치렀다.

-저기다! 저기 저놈이 이준철이다!

-아니, 완전 새파랗게 어린 놈 아니야?

-저 매국노 새끼 죽여!

그를 신호로 달걀 폭탄이 준철에게 날아들었다.

"뭐, 뭐야."

당황하기도 잠시.

준철은 서류 가방을 휘적거리며 날아드는 계란을 막았다. 하지만 융단폭격처럼 쏟아지는 공격을 다 막기엔 역부족이었다.

미처 막지 못한 계란이 안면을 강타했고 양복을 엉망으로 만들어 버렸다.

"야 이 새끼야 네가 사람이냐?"

"책상에 앉아 돈 버니까, 우리들이 우습지?"

성난 군중 몇몇은 준철의 멱살을 잡으려 달려들었다.

이를 제지해 준 경찰이 없었다면 정말 대참사가 일어났을 것이다.

"과, 과장님."

TF조사단은 만신창이가 된 준철을 보며 말을 잇지 못했다.

안 그래도 시위대의 위세에 잔뜩 위축되던 차였다.

하지만 준철은 별 개의치 않는다는 듯 수건으로 얼굴을 닦았다.

"피부가 좀 좋아진 것 같지 않나요?"

"예?"

"달걀 마사지가 확실히 미백에 좋긴 하네요."

지금 농담이 나오십니까?!

대부분 그런 반응이었다.

"저 사람들 언제부터 왔어요?"

"새벽부터 와서 진을 치고 있었답니다. 더러는 의사당 앞으로 갔고요."

준철은 수건으로 얼굴을 쓱쓱 문대더니 창밖을 봤다.

"얼마나 모인건가요?"

"협회 측 추산 20만 파업이라 합니다."

"그 정도는 아닌 것 같은데."

"경찰 추산으론 5천 명이라 하고요."

보통 이럴 땐 경찰 측 추산이 맞다. 세력을 과시하려고 일

부러 숫자를 과장하는 건 흔한 일이니까.

그러나저러나 한 사건 때문에 5천 명이 달려오는 건 흔한 광경이 아니었다.

"요구 조건은 당연히 조사 중단이겠죠?"

"네. 5일 뒤엔 양계장 총파업까지 강행하겠다고 하는군요. 결기로 봐선 빈말이 아닐 것 같습니다."

조사단은 준철의 대답을 기다렸다.

솔직히 너무나 성급했다. 절차적 하자가 없었다고는 하나 특수성을 감안해야지. 농축수산업은 손에 꼽을 만큼 극성스러운 집단이며, 여느 파업과 달리 국가에서 적당히 넘어가 주는 것도 있다.

하지만 그대로 강행해 버렸으니 이런 파국이 오는 것은 당연했다.

"검찰에서 영장은 어떻게 됐습니까?"

하지만 또다시 의외의 말이 나왔다.

"곧 결과가 나올 것 같긴 합니다만……. 과장님, 정말 계속 강행하실 겁니까?"

"안 하면요."

"총파업 얘기까지 나온 마당인데 일단 좀 지켜보시죠."

준철이 고개를 저었다.

"시간 내서 시위 참가하는 거랑, 총파업은 다릅니다."

"그래도 우려가 많습니다. 할 가능성도 크고."

"그럼 감수하죠."

그 소리가 어떻게 그리 쉽게 나와!

국민들이 불편을 느끼기 시작하면 조사에도 압박이 들어올 텐데!

하지만 준철은 고집을 꺾을 생각이 없었다. 너무나 확실하고 명백한 담합이다. 이건 비정상을 정상화시키는 성장통이 되겠지.

그리 생각할 때 TF팀 전화기가 울렸다.

한동안 민원 폭탄에 시달린 터라, 이젠 전화 소리만 들어도 다들 긴장했다.

조사단 한 명이 전화에 응대하더니 낙담한 얼굴로 말했다.

"과장님…… 검찰에서 압수수색 영장 나왔답니다."

기가 막힌 타이밍이군.

준철은 히죽 웃으며 고개를 돌렸다.

"그럼 이제 기업들 자료 한번 털어 볼까요."

조사단은 더 이상 아무 대꾸도 하지 않았다.

"1, 3팀이 해동, 원성, 동향 식품 등 가공 업체 위주로 자료 압수해 주세요."

"네."

"2 ,5팀은 치킨 업체들 위주로."

"알겠습니다."

"닭 시세를 끌어 올렸으니 분명 사재기한 정황 등이 나올 겁니다. 이런 자료들 캐치했다 싶으면 바로 보고로 올려 주세요."

조사단이 일사불란하게 흩어졌고, 역할을 배정받지 못한 4팀만 남았다.

4팀장은 짐짓 긴장한 얼굴로 말했다.

"저희 4팀은 특별 지시 사항인가요?"

준철은 끄덕이며 서류판을 건넸다.

"전문용어 전부 다 빼고. 지금 생닭 시세의 기형적인 가격을, 누구나 쉽게 이해 할 수 있게 도표로 만들어 주세요."

"알겠습니다. 혹시 검찰 제출용인가요?"

준철은 아직도 격렬하게 울부짖는 시위대를 보며 말했다.

"아니오, 저 사람들 설득용입니다."

❧

총파업 예고와 가두시위, 그리고 여의도 의원들에게 보내는 팩스 폭탄.

양계 농장주들의 공세는 융단폭격에 가까웠다.

시장은 수급 불안 우려로 생닭 시세가 치솟았고, 농림식품부는 우려 성명을 내며 조속한 합의를 촉구했다.

사실 준철은 이미 인내심이 바닥난 상태였다.

시장군수부터 지역구 의원까지 안 오는 전화가 없었다. 그래도 각자의 입장이 있으니 적당히 넘어가려 했는데, '그놈' 들의 전화는 도무지 참아 줄 수가 없었다.

"실망입니다. 농림식품부는 누구보다 엄정 수사를 촉구해야죠."

―허허. 누가 들으면 저희가 수사 무마라도 청탁한 줄 알겠습니다?

"합의를 할 수 없는 사건을, 자꾸 합의하라고 하시니 청탁 맞습니다.

―뭐요? 청탁?

상대방의 목소리가 높아졌다.

―양계 농장이 총파업 선언하면서 지금 생닭, 계란 시세가 얼마나 오른 줄 알아요? 국민들의 밥상 물가를 안정적으로 관리하는 게 우리 농림부의 소임입니다.

"그래서 그 밥상 물가가 왜 이렇게 올랐는지 우리가 조사하는 거 아닙니까. 엄밀히 말해 이것도 농림부 소관이네요. 눈대중으로 봐도 한육원과 업체들의 담합이 보이는데 농림부는 조사 안 해 봤습니까?

―그건…….

농림부 관계자는 아무 말도 할 수 없었다.

한국육계원은 이익 집단이지만, 농림부는 엄연한 공익 집단이다. 비리가 의심되면 양계 농장을 고발해서라도 잘못된 것을 바로잡아야 한다.

하지만 이게 어디 말처럼 쉬운 일인가.

공정거래
위원회

대다수 업계 관계자는 농림부를 자신들을 보호해 줄 기관으로 여기지, 조사 기관이라 여기지 않는다.

-저희 사정 아시잖아요.

"그래서 저희가 불편한 전화 한번 없이 총대 매 드렸습니다. 이건 모르세요?"

농림부관계자는 혹 떼려다 혹을 왕창 붙인 기분이었다.

"참고로 이 담합 최소 10년짜립니다. 추정 이익 최소 2천억대. 과징금 한두 푼으로 끝날 사건이 아니죠."

-⋯⋯.

"마침 저희도 일손이 부족하던 참인데, 얘기 나온 김에 도움 요청 좀 해도 될까요?"

전화기 너머로 장탄식이 들렸다.

-죄송합니다. 저희가 이런 전화드릴 군번이 아니었는데.

"그럼 부탁 하나만 드리겠습니다. 양계장이 총파업을 하든, 가두시위를 하든 저희는 이 조사 중단할 마음 없습니다.

-하지만 국민들이 느낄 불편은 최소화해야⋯⋯.

"그러니까 시장 상황 잘 통제해 주세요. 비축분이나 냉동닭 풀면 일단 시세는 잡힐 겁니다. 최장 한 달. 그 안으론 이 사건 다 끝낼 겁니다."

준철은 전화를 끊고, 지금까지 이 대화를 지켜보던 팀장들에게 말했다.

"급한 불 껐습니다. 앞으론 시장 상황 눈치 보지 말고 조사에만 매진해 주세요."

별반 놀랍지도 않았다.

국회의원 전화도 뿌리친 과장이 농림부 전화에 주춤할 거란 기대는 애초에 없었다.

"이제 뺏어 온 기업들 자료 추적해서 사재기한 정황, 멀쩡한 상품 폐기한 정황 잡아 주세요."

"네."

"그리고 한육원이 병아리 감축, 닭 살처분 지시한 증거 좀 더 캐 주세요. 이 자료 가지곤 5년치 담합밖에 입증 못합니다."

"알겠습니다."

모두가 물러갈 때, 4팀장이 슬며시 다가왔다.

"과장님, 사실상 조사는 끝났습니다. 아까 팀장들하고 얘기를 나눴는데 이미 사재기한 정황, 닭 폐기한 정황 다 나와 있었답니다."

이젠 이 내용을 법원 제출용 증거 양식으로 바꾸는 일만 남았다.

"문제는 양계 농장을 설득하는 일인데……."

"그새 시위 가담자들이 좀 늘었네요?"

"네. 닭값이 내려가면 그 피해가 양계 농장에도 어느 정도 미치니 저 사람들도 필사적입니다."

1차 시위는 고작 몇 천에 그쳤는데, 이젠 어림잡아도 1만을 훌쩍 넘는다.

각계 고위 인사들이 왜 수시로 전화해 대는지 알 만한 인파다.

"해서 말인데 이젠 저희도 무언가 조치를 취해야지 않나 싶습니다."

"아직 부족해요."

"……네?"

"1만이 뭐예요, 한 2만은 모여야 폭죽놀이 하는 맛이 나지."

다급한 4팀장과 달리 준철은 여유만만이었다.

준철은 저들의 분노를 오히려 조사 동력으로 삼을 계획이었다. 저들은 가격 안정화를 위해 유통권을 한육원에 양도했다. 양 회장이 유통권을 엉뚱하게 써먹었단 걸 알면 어떻게 될까?

모르긴 몰라도 썩은 달걀로 끝나진 않을 것이다.

"그건 어떻게 됐습니까?"

"예. 조사를 좀 해 봤는데, 확실히 이상한 점이 있긴 했습니다."

게다가 지금은 양 회장이 욕먹기 좋을 만한 증거도 몇 가지 잡혔다.

"기업들 회계 자료에서 이상한 곳으로 입금된 정황이 몇 건 잡혔습니다."

"얼마나요?"

"각 기업당 두 번씩, 총 40억요. 다만 이 입금된 계좌가 양 회장 계좌인지는 확인 안 됐습니다."

"돈 받을 땐 당연히 차명으로 받죠. 이건 분명 양 회장 겁니다."

"네. 근데 그걸 입증하기가 쉽지 않습니다."

현재의 닭값은 원재료보다 가공비가 더 많은 기형적인 구조였다. 만약 정상적인 한국육계원 대표였으면 당연히 이를 따졌어야 한다.

하지만 양자 간 사이는 너무 돈독했고, 이는 리베이트 의심으로 이어졌다. 기업들 회계 자료에서 그 의심을 확신으로 바꿀 수 있었다. 출처 불분명의 40억 입금이 확인된 것이다.

"입금자명이 누군데요?"

"오산서라는 40대 남자예요. 협회 간부는 아니었습니다. 일한 경력도 없고요."

준철이 혀를 찼다.

돈 받을 때 만큼은 철두철미하게 받아먹었다.

"그럼 금감원에 계좌 확인 요청하겠습니다. 넉넉잡고 사돈에 팔촌까지 확인해 보면 되겠죠?"

"네. 그 안에 있을 겁니다."

뭐 특수 관계인들 다 조사하면 그 안에서 잡히겠지.

-다음 소식입니다. 전국 양계 농장조합이 총파업을 선언한 가운데, 공정위가 조사 강행을 표명했습니다. 공정위는 해당 담합이 장기간, 조직적으로 일어난 범죄라며 엄정 수사의 뜻을 내비쳤는데요.

　-농림부의 중재로 1차 파업은 넘겼지만, 양계 조합은 일주일 뒤를 다시 예고하며 파업 강행 의사를 다시 밝혔습니다.

　-이로 인해 생닭 수급이 불안정해지며 생닭 시세가 4,900원까지 올랐습니다. 농림부는 파업이 현실화될 시 시세가 6천 원까지 솟을 것이라 설명하며 중재에 나서고 있지만 상황은 요원해 보입니다.

　상황은 뉴스 보도대로 파국에 치달았다.

　양계 조합의 파업 선언과 공정위 조사 강행. 거기에 재파업 선언까지 겹치며 닭값이 하늘 높은 줄 모르고 솟았다.

　-이야~ 닭도 날 수가 있는 동물이구먼. 가격이 하늘을 뚫었어.

　농림부는 즉각 냉동육과 비축 상품을 풀며 시세를 잡으려 했지만 역부족이었다. 닭값이 더 치솟을 것이란 불안에 시장에선 사재기까지 펼쳐졌다.

　상황이 강대강으로 치닫자 주식시장에도 한파가 찾아왔다.

닭고기 관련주 200여 종이 내리 폭락하며 도박판이 되었다.

－이거야말로 치킨 게임~ 공정위 허세에 쫄아서 주식 파는 흑우 없제?

－ㄹㅇㅋ 고작 공정위가 축산 업계를 어떻게 이겨?

－진짜 파업 돌입하면 수사팀 즉각 해단식.

－건드릴 게 따로 있지. 한국에서 농축수산업을 건드리냐? 에라이~

－여러분 주식을 팔고, 그 돈으로 닭을 사세요. 되팔면 최소 8% 먹습니다. 파업까지 일어나면? 최소 20%!!

－○○ 뭘 좀 아네. 조류독감 때 닭값 두 배까지 뛰었다. 알 만한 사람은 이미 냉장고에 닭 천지야.

－근데 왜 치킨값은 안 오름? 생닭 500원 오르면 치킨은 3천원 오르는 게 국룰 아니냐? 웬일로 치킨 업계가 앓는 소리를 안 하냐?

－치킨은 냉동육으로 만들어서 아직 수급 대란 안 옴

－그게 아니라 국가적 위기 상황이니, 기업이 출혈을 감수하더라도 가격 안 올리는 거지.

－위엣 놈 주식 샀냐? 뭔 국가적 위기에 출혈을 감수해. 생닭 대란 때 삼계탕을 금계탕으로 판 놈들이 기업들인데.

확실히 여느 때와는 분위기가 달랐다.
아주 작은 요소에도 미친 듯이 가격을 올렸던 치킨 업체들

공정거래
위원회

이 웬일로 조용했다.

　―근데 이렇게 닭값 내려가면 치킨값도 좀 내려가냐?

　―그간 원재료 가격 인상 때문에 치킨값도 오른 거잖아. 그 반대면 치킨값도 내려감?

　―ㅋㅋㅋㅋㅋㅋㅋㅋㅋ

　―내려가겠냐? 치킨 만들 때 원재료값이 얼마나 든다고.

　―얼마 안 들어? 그럼 왜 닭값 오를 때, 치킨값도 올라?

　―건수, 건수 이노마. 생닭 시세가 올라야 기업도 가격 올릴 건수가 생기는 거지.

　―그나저나 이러면 닭값 더 오르는 거 아니야?

　―닭값이 금값이다. 무섭다.

　―양계 농장들이 총파업이 들어갔던데

　―양계장이 닭 안 넘기면 총파업이잖아.

　―아, 그럼 업체들 또 치킨값 올릴 텐데. 그냥 좀 빨리 끝내면 안 되나⋯⋯?

　국민들도 파업에 어느 정도 내성이 생긴 편이었지만 이번 생닭 대란은 그 파장이 남달랐다.

　공정위가 현재 의심하는 기한만 10년. 액수로는 2천억대다. 이건 끝장을 보겠단 뜻이며, 양계 조합 역시 사즉생 각오로 임할 게 분명했다.

-공정위의 끝장 조사! 중단하라, 중단하라!

-양계 조합 피 빨아 먹는 조사팀, 해산하라! 해산하라!

이런 우려와 함께 시위의 규모는 날로 불어났다.

우려가 현실이 될 것 같자, 각지에 있는 양계 조합원들이 우후죽순 몰려들기 시작한 것이다.

여의도는 늘 닭 울음소리로 아침을 맞았고, 그 소리로 저녁을 닫았다.

그리고 그때.

이 여론을 한 번에 반전시켜 줄 뉴스가 터져 나왔다.

-공정위, 한국육계원 양철기 회장에 구속영장 청구.

-기업 간부 6명에도 구속영장.

-협회와 기업의 묘한 동거.

-출처 불명의 40억. 양 회장의 차명 계좌?

금감원에 요청한 계좌 확인 내용이 도착한 것이다.

추측했던 대로 이는 양 회장의 사촌동생 계좌였고, 10년 동안 상납금을 받아 온 정황이 묵직하게 포착되었다.

보통 당사자의 자백 등의 상황이 나오지 않는 이상 보도 자료는 꺼리는 편인데 준철은 계좌 확인이 되자 바로 이를 언론에 뿌려 버렸다. 그만큼 상황이 급했다.

―뭐야, 이 미친놈!

―양계 협회를 대변해야 할 놈이 기업들한테 돈을 받아?

―40억?

그 내막은 정말이지 자세했다.

몇 날 몇 시에 누구 계좌로, 어떤 대가로 돈이 입금된 것인지 모두 나와 있었으니 말이다.

그 돈의 대가는 양 회장의 물량 잠금비였다. 양 회장이 정치적 부담을 안고 양가 농장에 병아리 감축을 지시하면 업체들이 대가를 줬다.

그렇게 차명계좌를 통해 받은 돈이 40억.

그는 결코 양계 농장을 위한 사람이 아닌, 오직 자기 자신만을 위한 사람이라는 게 명백해진 순간이었다.

그렇게 여론이 반전된 당일.

준철은 기업 사장단을 한자리에 불렀다.

"우리 이제 진솔한 얘기 좀 해 볼까요?"

스스로 판 무덤

사장단 중 하나가 말했다.

"말씀 듣기 전에 먼저, 저희들이 한 말씀 드려도 되겠습니까."

약간 의외였다. 주가가 만신창이 되어서 숨도 못 쉴 줄 알았는데……. 제법 눈도 똑바로 쳐다볼 줄 안다.

혹시 죄를 뉘우치고 과징금을 깎아 달란 부탁일까?

"네. 말씀하세요."

"계육은 한국 사람들이 소비하는 1위 육류품으로, 닭고기가 안 들어가는 음식이 없다 해도 과언이 아닐 겁니다. 근데 공정위의 무분별한 조사로 인해 수급 불안이 계속되고 있습니다."

"수급 불안이 저희 탓입니까?"

"지금 잘잘못을 따지자는 게 아니라 양계 농장의 사기가 그만큼 저하되었음을 말씀드리고 있는 겁니다."

뭐, 틀린 말은 아니었다.

신문 기사에선 닭이 하늘로 도망갔다고 말할 만큼 대한민국은 현재 생닭 대란이다.

"물론 그 과정에서 떳떳지 못했던 점이 있었음을 일부 인정합니다. 양계 농장의 수익 보전을 위해 닭고기를 사재기한 정황이 있었죠."

"담합을 인정하시는군요."

"하지만! 열악한 축산업계 구조상 어쩔 수 없었던 일들입니다. 이 부분을 감안해 적당한 처벌을 내려 주십쇼."

"적당한 처벌이 어떤 겁니까?"

"시정 명령으로 끝내 주십쇼. 업계 사정 감안해서 과징금도 최소로 해 주셨음 합니다."

준철은 허파에 바람 찬 사람처럼 껄껄 웃었다.

"한마디로 형사처벌 없이 돈으로 깔끔하게 끝내자는 거군요. 그 돈도 최소로 부과했으면 싶은 거고."

날강도가 따로 없다.

이건 그냥 솜방망이 처벌로 끝내라는 말 아닌가. 그것도 부탁이 아닌 협박조다.

"오늘 저희는 처벌 수위 협상하려고 이 자리에 온 게 아닙

공정거래
위원회

니다. 의심 가는 정황은 10년치인데, 잡은 증거는 5년치라 마지막으로 자백할 기회를 드리려는 겁니다. 아, 형사처벌은 오늘 여러분들이 해 주시는 말이 조사에 도움이 되면 불기소로 끝내 드리죠."

"과장님!"

업계 1위 한태훈 사장은 준철을 노려보다 다시 말을 이었다.

"우리라곤 공정위의 사정을 모르는 게 아닙니다."

"그건 무슨 말씀인지."

"공정위도 지금 안팎에서 질타를 많이 받고 있잖아요? 양계 농장의 시위가 연일 격화되고 있는 것으로 압니다."

오호라 약점을 건드시겠다?

"네. 덕분에 달걀마사지 한번 시원하게 했네요."

"다음 시위는 겨우 마사지 수준으로 끝나지 않을 겁니다."

"지금 협박하시는 건가요?"

"더 큰 화를 당하실까 조언드리는 겁니다. 생닭 시세를 인하하면 그 피해가 누구에게 가겠습니까? 양계 농장주들은 지금 사즉생의 각오로 정부에 호소하고 있는 겁니다. 저들의 시위는 더욱 격화될 겁니다."

한 사장은 득의양양 웃었다.

시위대의 위력은 종사자인 자신도 놀랄 정도였다.

게다가 양 회장은 또 이런 쪽에 일가견이 있는 사람. 한육원이 조직적으로 불안감을 부채질하면 이 시위 세력은 더 커질 게 자명했다.

'낯빛이 금방 바뀌는구먼.'

역시 법으로 안 될 땐 드러누워 버리는 게 답인가. 젊은 놈 얼굴이 보기 좋게 일그러졌다. 달걀을 한 번 맞아 봤으니 두 번 맞기엔 무섭겠지.

기업들 형사처벌 안 하겠단 약속만 받아 내도 판정승이다. 과징금 문제야 3심까지 끌면서 최대한 깎아 보면 그만이다.

"제가 저걸 두려워하는 것처럼 보이세요?"

"……예?"

"진짜 접을 거면 1차 시위에서 접었겠죠."

"지금 시위대 규모가……."

"100만 명 천만 명이 모인들 안 되는 건 안 되는 거예요. 명백하게 법을 어긴 사실이 확인됐는데, 왜 떼법으로 이기려 들어요."

사장단 얼굴들이 굳어지기 시작했다.

"그리고 지금 저희가 굉장히 재밌는 자료를 확보했거든요."

준철은 더 말하기 귀찮다는 듯 자료 하나를 들이밀었다.

"여기 계신 기업들이 양 회장 차명 계좌로 돈을 송금하셨더군요."

"……예?"

공정거래
위원회

"뉴스에 나간 보도 자료들, 그거 전부 저희 쪽에서 흘린 거예요."

"아, 아니 그게 무슨……."

"계속 버티시면 몇 날 몇 시에 얼마가 입금됐는지까지 다 나갈 겁니다."

회의실이 싸늘하게 얼어붙었다.

바로 며칠 전부터 뉴스에서 계속 리베이트 의혹이 나오기 시작했다.

담합 조사할 때 으레 나오는 얘기들이라 애써 무시하고 있었는데……. 그 출처가 공정위였다고?

사실 생닭이 백 원 단위로 오를 때 치킨은 천 원 단위로 올랐다.

기업들은 이를 주도해 준 양 회장에게 꾸준히 대가를 제공해 왔고 이들의 공생 관계는 10년 동안 지속되어 온 것이다.

"아니 이게 다 양계 농장을 위해서……."

"그리고 이 마진도표를 보세요. 생닭 시세 까 보니까 다 가공비에서 올랐던데요? 이게 양계 농장을 위한 담합입니까?"

"……."

"지금 저 불어난 시위 세력한테 당하고 싶지 않으면 어서 이실직고하세요. 계란 한번 맞아 본 입장에서 조언드리는데, 사실 꽤 아팠습니다."

이들은 공정위가 잡은 송금 내역을 보며 입을 다물지 못했다.

거의 완벽하게 다 파악하고 있다.

"참고로 말씀드리자면 저희의 최종 목표는 한육원 10년 독재자 양철기 회장입니다."

"……."

"그 사람에게 돈을 보낸 정황, 그리고 모든 얘길 해 주십쇼. 숨긴다면 함께 처벌당할 겁니다."

이쯤 되니 회의실엔 숨소리도 들리지 않았다.

하지만 속 시원하게 자수하고 끝날 문제도 아니었다.

이들도 바보가 아니다. 무려 10년 동안 해 왔던 담합의 대가가 어느 정도인지는 안다. 엄청난 양의 과징금이 부과될 것이고, 이는 이미 만신창이가 된 주가를 더 끌어내릴지도 모른다.

근데 그게 끝이겠나.

진짜로 무서운 건 소비자들의 민심이다.

그간 생닭 시세를 평계로 가공품 가격들도 덩달아 올렸는데, 그 생닭 시세를 끌어 올린 게 이들이란 게 들켰으니. 가격 인하 요구가 빗발칠지도 모른다.

"너무 걱정 마세요. 그래도 불매운동은 없을 겁니다."

다행이라면 닭고기 취급 업체 모두가 다 사이좋게 걸렸다는 것.

준철은 이들의 결심이 서기까지 기다려 주었다.

'머리가 아프긴 하지.'

준철도 이 기분을 잘 알고 있었다. 당장에 과징금이 중요한 게 아니라 앞으로의 후속 조치가 문제다.

소비자들의 빗발치는 요구는 물론, 추후 대책도 내놔야 한다.

근데 어쩌겠나. 지금까지 쉽게 먹은 담합 이익 뱉어 낸다 생각해야지.

그렇게 한참을 기다려 주었지만 이들의 침묵은 끝이 없었다.

"역시 판사님 앞에서 얘길 나누는 게 빠르겠군요."

"자, 잠깐만요!"

그렇게 자리에서 일어날 때

"말씀드리겠습니다."

사장단들이 일그러진 얼굴로 말했다.

"모두 다 말씀드리겠습니다. 아니, 인정하겠습니다."

"10년치 담합 모두요?"

"네."

"양 회장에게 수상한 돈 보낸 내역도 포함입니다."

"그건……."

"법정에서 뵙죠."

"아, 아닙니다! 저희는 이걸 대가로 양 회장에게 돈을 수차례 입금했습니다."

"그리고 순번을 정해서 사재기도 했습니다. 제발 선처해 주십쇼."

만족할 만한 대답이 나오자 준철이 씩 웃었다.

"그 얘기 아주 흥미롭네요. 좀 더 자세하게 해 주세요. 혹시 남은 증거가 있다면 제출도 좀 해 주시고요."

۵

준철과 TF팀은 마지막 조사를 위해 한육원 건물로 향했다.

이젠 이 모든 원흉인 양 회장에게 자백을 받아 내야 할 때다.

–저기다! 저놈이다!

하지만 여기엔 험란한 과정이 놓여 있었다.

어떻게 연락을 받고 온 것인지 시위대가 이미 한육원 본사 건물을 에워싸 철통 방어에 들어간 것이다.

보나마나 양 회장이 조사를 지연시키고, 세를 과시하려고 부른 모습이었다.

"비켜 주십쇼. 공무집행 중입니다."

–닥쳐! 양계 농장 등골 빨아 먹는 게 공무집행이냐?

–닭고기값 인하하면 대체 우린 우야라꼬!

–어디 한번 짓밟고 가 봐라, 이 쳐죽일 놈들아.

천하의 준철도 드러누운 사람들을 짓밟고 갈 만한 위인은 못 됐다. 스마트폰이 상용화되며 전 국민이 카메라맨이 된 시대다. 조금이라도 오해의 빌미를 남기면 안 된다.

꼭 그것뿐 아니라 인간적으로도 딱한 마음이 들었다.

이들은 정말로 열악한 환경에서 일하는 사람들 아닌가.

유통상들이 거머리처럼 피를 빨아 먹었는데, 아직도 이들은 자신들을 위해 닭값을 끌어 올렸다 생각하는 모양이다.

"여러분, 닭값이 인하되어도 여러분들에게 가는 피해는 얼마 없을 겁니다. 현 구조는 가공비만 비대하게 붙어서……."

–닥쳐!

그렇게 본사 앞에서 옥신각신 대치하는데, 고맙게도 양 회장이 자진해서 나왔다.

"여러분, 저는 괜찮습니다. 정말 괜찮아요."

–양 회장님!

–아이고, 울 회장님 살 빠진 것 좀 봐라이. 맘고생 단단히 했데이.

–회장님은 잘못 없습니다! 열악한 양계 농장을 위해 그 정도 담합한

게 어디 대수예요?

　-공무원 놈들이 우리나라 축산업 말아 먹으려고 아주 작정을 했어!

　양 회장은 자신을 추종하는 광신도들에게 말했다.

　"오해가 있는 부분은 제가 공정위에게 착실히 소명하겠습니다."

　-양 회장님!

　"여러분들은 협회보다 생업에 더 우선 종사하십쇼."

　양 회장은 손수건까지 꺼내 눈을 훔쳤다. 소환할 때 왜 한 번도 안 오나 했더니, 신파극 연습하느라 한창 바빴나 보다.

　어쨌거나 이 드라마의 효과는 대단해서 준철을 향한 살기가 다시 거세졌다.

　"갑시다, 과장님."

　"가기 전에 먼저, 우리 사람들 앞에서 공개 토론 한번 할까요?"

　예기치 못한 말에 양 회장이 눈썹을 치켜떴다.

　"네?"

　"TF조사팀. 우리가 준비한 닭고기 마진도표, 여기 모이신 분들에게 전해 주세요."

　TF조사단이 흩어지자 그가 귓속말을 해 왔다.

"지금 뭐 하는 겁니까."

"생닭 시세는 천정부지로 솟았는데, 왜 양계 농장 환경은 여전히 열악할까. 저희가 이 설명을 좀 드려 보려고요."

"뭐?"

준철은 씩 웃으며 무리에게 시선을 돌렸다.

"이건 저희 TF가 조사한 마진도표입니다. 보면 아시겠지만 현재 닭값은 원가보다 가공비가 더 들죠."

─……뭐야, 이건?

"여러분들은 지금까지 속고 계셨던 겁니다. 아무리 닭값이 올라도 양계 농장에 떨어지는 마진은 그리 크지 않았죠? 그게 다 유통 상인들이 중간에서 가공비만 높여서 그런 겁니다.

주변이 웅성거리기 시작했다.

양 회장이 뒤늦게 팸플릿을 찢으며 고래고래 소리를 질렀지만, 상황은 어째 미묘해져 버렸다.

"……잠깐, 이게 어느 정도 맞는 말 같은데? 우리 마진 정말 없었잖아."

"이게 다 기업들이 가공비만 올려서 그렇다고?"

양 회장이 펄쩍 뛰었다.

"여러분, 속지 마십쇼. 이건 우릴 음해하기 위한 유언비업니다."

그때 한 사내가 손을 번쩍 들고 외쳤다.

"그럼 공정위 마진도표가 다 거짓이란 겁니까?"

준철은 양 회장에게 귓속말을 했다.

"잘 대답하셔야 할 겁니다. 여기서 거짓말하면 더 큰일 나요."

"이 마진도표는 대체 뭐야?"

"닭값 시세 오른 게 기업들 배만 불려 준 거였어?"

"양 회장님, 뭐라고 말 좀 해 보세요."

시위대가 대답을 재촉했지만 양 회장은 아무 대답도 꺼낼 수 없었다.

공정위가 돌린 팸플릿은 현 유통 구조를 너무 명확하게 설명하고 있었으니.

"어, 억측입니다. 무리한 조사를 정당화하기 위한……."

고작 꺼낸 대답은 무작정 매도하기.

하지만 그것도 이젠 약발이 시원치 않았다. 준철은 더 이상 놈의 헛소리가 지속되게 놔 둘 생각이 없었다.

"조사 정당화가 아니라 리베이트성 담합이었죠. 양철기 씨는 지난 10년 동안 기업들에게 각종 리베이트를 받아 왔습니다. 차명 계좌로 입금 받은 돈만 40억. 명절 때마다 받은 백화점 상품권 3억 원."

"뭐, 뭐야?"

"뿐 아니라 해외 출장 등에 갈 때 기업에서 퍼스트 클래스로 업그레이드까지 받았습니다."

양 회장은 관료 출신답게 돈 받아먹을 줄 아는 놈이었다.

때마다 기업들에게 명절 선물을 받아 냈고, 비행기 좌석 업그레이드, 법인 차 대절 등의 간접 로비도 받았다. 그렇게 직간접적으로 받은 돈만 총 63억대. 이 모두 기업에서 직접 시인한 내용들이다.

"이 모두 10년 동안 이뤄진 내용들입니다."

준철은 기업에게서 받은 자백 내용을 시위대에 공개했다.

하지만 언제나 진실은 받아들이기 괴로운 법. 몇몇 광신도들은 오히려 더 크게 역정을 부렸다.

"말 같지도 않은 소리! 양 회장님이 부임한 지가 10년이야, 10년! 그 기간 동안 리베이트 받았다는 게 말이 돼?"

"……"

"터진 입이라고 함부로 말하지 마! 양 회장님 없었으면 지금처럼 닭 시세 높지도 않았어. 누구보다 양계 농장을 위해 힘쓰신 분이라고."

"……"

"양 회장님! 시원하게 반박 좀 해 보세요. 저거 과잉 조사, 명예훼손으로 다 걸고넘어질 수 있는 거 아닙니까."

양 회장은 땅만 바라봤다.

자신을 향한 믿음의 크기가 어느 정도였는지 그도 이제야 실감했다. 공정위가 제시한 증거는 모두 반박할 수 없었다.

"아, 말 좀 해 보십쇼."

"이건 아니잖아요."

함께 지켜보던 준철이 도리어 딱한 눈빛을 지었다.

저런 전폭적인 믿음을 뒤로하고 뒷돈을 받아먹었으니 뭐라 할 말이 있겠나. 마음 같아선 당장에 저 시위대를 바로 해산 시키고 싶을 것이다. 공정위에 대항하기 위해 만든 이 자리가 공개 처형장으로 느껴질 것이다.

"여러분…… 한 가지만 기억해 주세요."

이윽고 그가 입을 뗐다.

"정부에서 닭고기 관세 인하한다 했을 때, 누가 앞장서서 그거 막았습니까."

─아, 두말해 뭐 해? 양 회장님이지!

"조류독감이다 뭐다 정부에서 닭 살처분 지시 내려왔을 때, 제가 보상금을 얼마나 받아 내 드렸습니까!"

양철기는 목청이 찢어질 듯 외쳤다.

"그거 다 이 양철기가 해냈습니다! 우리 양계 조합을 위해 양철기가 불철주야 뛰어다녔다는 점, 여러분들 오직 그거 하나만 잊지 말아 주십쇼."

아주 예수님 납셨구먼.

준철은 썩은 미소를 지으며 그의 발악을 감상했다.

"이 양철기 오로지 양계 조합을 위해……."

─듣자듣자 하니까 왜 자꾸 딴소리야! 묻는 말에나 대답해. 당신 기업한테 돈 받았어?

"그나마 닭 시세가 올랐기에 여러분들의 수익이……."

─대답하라고! 당신 우리 몰래 돈 받았어? 공정위가 하는 말들 다 사실이야?

하지만 그 쇼가 계속될 순 없었다.

동문서답이 계속되자 시위대가 더 격렬하게 대답을 요구했다.

"조, 조금의 접대는 받았습니다."

─접대? 조금?!

"……하지만 여느 회사원들이 받는 수준의 접대였습니다. 비즈니스 하면서 어떻게 술 한잔 부딪치지 않을 수 있겠습니까."

이해를 바라는 목소리로 되물었지만 돌아오는 반응은 싸

늘했다.

　-누가 술 받아먹었다고 이래?! 술이 아니라 돈을 받아먹었잖아.
　-어떤 미친놈이 차명 계좌로 기업한테 접대를 받아!

"하, 한 번만 굽어 살펴 주세요."
이쯤 되자 시위대의 분노는 걷잡을 수 없이 커졌다.

　-이 미친놈, 공정위 말이 사실이네!
　-닭고기 유통권을 꽉 쥐고 있는 놈이 기업한테 리베이트를 받아?
　-누가 그러라고 한육원한테 독점권을 양도한 줄 알아?

　공정위 조사단들이 부랴부랴 시위대를 막았지만 이들의
분노를 막아 내기엔 역부족이었다.

　-우리한테 병아리 감축 지시한 것도 다 네 뒷돈 챙기려고 그런 거냐?
　-멀쩡한 닭을 왜 살처분 지시했어? 노계를 헐값에 파는 건 왜 막았
어?
　-모두 우리를 위한 일이었다며! 다 네 주머니를 위한 일이었잖아!

　당해도 싼 놈이었다.
　국가에서 열악한 양계장 환경을 생각해서 독점 유통을 허

공정거래
위원회

락해 줬는데, 그 권한을 엉뚱한데 써먹었으니.

　－죽어!
　－이 짐승만도 못한 놈아!

　그 분노가 극에 달했을 땐 하늘에서 또다시 계란 세례가
쏟아졌다.
　"여러분, 진정하세요. 남은 절차는 저희 공정위가 제대
로……."
　퍽－!
　준철은 이를 뜯어 말리는 과정에서 2차 계란 폭탄을 맞아
야 했다.
　법적 절차대로 놈을 처벌할 것이라 호소했지만 요지부동.
성난 군중은 계란을 던지고 메가폰 볼륨을 키우며 진상 규명
을 요구했다.
　"각 팀장님들은 일단 시위대 수습해 주세요."
　"예."
　"황 팀장님, 일단 여기 벗어납시다."
　준철은 만신창이가 된 양 회장을 엄호하며 건물 본사로 급
히 피신했다.
　도망가는 와중에도 계란 폭탄이 뒤통수에 꽂혔다.
　본사로 피신하니 또다시 옷이 흠뻑 젖어 있었다. 놈이 끌

어모은 시위대는 완벽하게 공개 처형장이 되어 버렸다.

"괜찮으세요?"

준철은 수건을 건네며 양 회장에게 물었다.

하지만 대답은 들을 수 없었다. 양 회장은 손을 달달 떨며 고개를 들지도 못하고 있었다.

하긴 지금까지 담합을 한 게 얼마인가. 이 죗값을 다 감당 하려면 정말이지 보통 정신으론 될 게 아니었다.

"모든 절차는 다 법대로 집행될 겁니다. 이쯤 됐으면 자백 하는 게 신상에 좋을 겁니다."

"……."

"더 이상 잡아떼지 않으실 거죠?"

이에 대한 대답은 굳이 들을 필요가 없었다.

이미 전의를 상실한 양 회장의 얼굴이 준철을 기다리고 있 었다.

❧

[10년 독재자의 몰락, 양철기 회장 혐의 시인]

[차명 계좌 등을 통해 기업들에게 대가를 받아]

[양계 농장 조합, 엄벌 촉구 요구하며 한육원 앞 시위]

[수사 내용 모두 밝혀라!]

공정거래
위원회

반전된 분위기는 언론사들을 통해 고스란히 국민들에게 전달되었다.

화무십일홍 권불십년이란 말이 지금처럼 잘 들어맞을 수가 없다.

양철기의 10년 천하는 온갖 비리투성이였다.

[기상천외한 리베이트 방식]
[받은 돈만 수십억대로 전해져]

그가 받은 엽기적인 리베이트 방식은 만천하에 다 드러났다.

이에 공정위는 즉각 양 회장에 대한 구속영장을 신청했고, 법원도 상황의 심각성을 인식하여 하루 만에 이를 받아들였다.

양 회장의 구속 집행 당일엔 또다시 시위대가 모여 엄벌을 촉구했다.

"양철기 씨, 보석 신청 안 하시는 게 좋을 겁니다. 바깥이 더 위험할 거예요."

준철은 잡혀 온 그를 보면서 그리 조언했다.

빈말이 아니었다. 이미 시위대의 분노가 걷잡을 수 없는 터라, 이를 방어하는 경찰들이 난감할 지경이었다.

차라리 감옥에 갇혀 있는 것이 바깥보다 더 안전할 것이다.

"검사님, 그럼 잘 부탁드리겠습니다."

준철은 담당 검사에게 그리 부탁하고 한육원 본사로 다시 향했다.

한육원 본사엔 비상대책위 간부 10여 명이 모여 있었다. 사실 여긴 여기대로 지옥이었다. 양 회장의 최측근 네 명도 동시에 구속되었으니 말이다.

그 네 명 모두 한육원 요직에 있던 자들로 양 회장 못지않게 기업들에게 리베이트를 받은 자들이었다.

"저희 상황을 잘 아실 테니 그냥 솔직하게 말씀드리겠습니다."

비대위원장 오인성 재단이사가 말했다.

"현 비대위 10인 간부는 모두 양철기 회장과 관계없는 사람으로, 기업들에게 뒷돈도 받지 않았습니다."

"네. 그건 확인했습니다. 반대 파벌이셨더군요."

준철이 그리 말하자 조금 안심한 기색들이었다.

"……한육원에 대한 처벌은 피할 수 없겠지요?"

"네. 국가에서 허용한 독점 유통권을 허튼 데 쓰셨으니 제재가 뒤 따를 겁니다."

"처벌을 들어 볼 수 있을까요?"

준철이 서류를 꺼냈다.

"이게 기업들에게 부과한 과징금입니다. 규모 1위인 해림에 400억 등 도합 16개 기업에 1,500억대 과징금이 부과되었죠."

듣는 것만으로도 눈앞이 깜깜해졌다.

과징금 1,500억대. 가히 상상도 되지 않는 액수다.

"기업들 모두 이 과징금에 승복했고요."

그걸 단숨에 승복해 버리다니 이젠 끝난 게임이나 다름없다.

오인성 이사는 쓴침을 삼키며 말했다.

"저희 처벌을 말씀해 주십쇼."

"협회에 대한 과징금은 그리 크지 않습니다. 총 15억 3천만 원."

"추가 제재는 뭡니까?"

"독점 유통 지위를 3년간 박탈하고, 정부 보조금을 없애기로 했습니다."

"유통권 독점은 한육원 자체를 위한 일이 아닙니다. 이러면 양계 농가에 가는 피해가 커질 수도 있습니다."

"출하량 조절 등의 역할은 농림식품부가 대신할 계획입니다."

"하면 3년 후엔……?"

"양계 농장주들 의견에 따라야죠. 하지만 그 지위를 회복한다 해도 예전과 같을 순 없을 겁니다. 협회 간부 3인은 반드시 외부 인사로 협회장을 견제하는 역할을 맡게 될 겁니다."

"……."

"더불어 4년마다 농림식품부에서 정기 감사를 실시할 겁니다. 만약 수상한 이유로 닭을 살처분하거나 병아리 감축을 지시했다면 많이 곤란해질 겁니다."

한마디로 국가기관의 감시를 꾸준히 받는 것이다.

외부 인사를 간부로 앉히면 협회 내 자리 돌려 먹기도 막을 수 있다.

"잘못은 인정합니다만 너무 과한 부분이……."

"만약 거부하신다면 재판으로 가야죠. 근데 재판으로 가신다면 과징금은 최소 두 배에, 한육원의 지위도 이보다 더 제한될 거란 걸 확실히 말씀드릴 수 있겠습니다."

사실 오늘은 간담회 자리가 아니었다.

승복 안 하면 정말 한육원을 초주검으로 만들겠다는 협박의 자리지.

사실 과장으로의 편리함은 여기서도 작용이 됐다. 처벌 수위를 정할 때도 엄청난 보고가 잇따르지 않나. 이제는 그런 과정이 없다.

재단 이사는 눈치를 살피다 말을 이었다.

"……승복하겠습니다. 그리고 공정위의 시정 조치 또한 받아들이겠습니다."

준철이 지그시 웃었다.

드디어 10년 담합의 종지부를 찍었다. 치킨값이 좀 싸지려나……?

🌀

─다음 소식입니다. 10년간 담합을 주도했던 요식업체와 한국육계원이 담합 사실을 모두 시인했습니다. 생닭 시세를 인위적으로 인상시키고, 자사 제품 가격에 이를 반영한 건데요. 기업들은 순번을 정해 생닭을 사재기하고 폐기했습니다. 손해를 감수하면서까지 왜 이랬던 걸까요?

─[공정위 관계자]가공품 가격이 원재료보다 수배 이상 비싸다는 점을 악용했습니다. 실제 생닭의 가격이 킬로당 100원 오를 때, 치킨, 닭가슴살 통조림 등의 가격은 1천 원 이상 올린 것으로 확인됐습니다.

─공정위는 이를 주도한 한육원 양철기 회장을 검찰에 고발했습니다. 또한 양 회장이 기업들에게 받은 수십억의 리베이트 정황까지 공개했는데요. 법원은 이틀 만에 영장을 발부하며 그 증거를 상당수 인정했습니다. 이로 인해 육계 시장에 큰 파장이 미칠 전망입니다.

기업과 한육원이 모두 처벌에 승복하며 관련 사실이 뉴스로 보도되었다.

국민 간식 치킨이 비싸진 건 수요 때문만이 아니었다.

공정위가 파악한 담합 이익만 총 5천억대.

10년 동안 기업들은 43차례 물량 사재기를 했고, 양 회장은 56차례나 병아리 감축을 지시했다.

밥상 물가와 직결된 만큼 커뮤니티에선 '닭플레이션' 도표가 성행하고 있었다.

지난 10년간 치킨과 닭고기 통조림 시세를 나타낸 도표였는데, 그 내용이 기가 막히게 자세해 법원에 증거 자료로 써도 손색없을 정도였다.

－한육원이 보상하라!

－멀쩡한 닭 살처분 누가 지시했나!

－우린 누구에게 보상받는가!

하지만 뭐니 뭐니 해도 담합의 최대 피해자는 양계 농장들이다.

5천억대 담합 이익 중 양계 농장으로 들어간 돈은 전무했다.

부풀린 닭값은 다 염장비와 운송비로 빠져나가지 않았나.

이들은 양철기란 이름만 들어도 치가 떨렸다.

거대 유통사들로부터 양계 농장을 보호해야 하는 게 한육원의 역할이거늘. 보호는커녕 협회 수장이 뒷돈 챙겨 받느라 정신이 없었다.

그것도 모르고 닭값 인상시켜 줬다고 한없이 고마워했으니…… 자괴감이 두 배다.

하지만 그건 그거고 처벌은 처벌이다.

준철은 담합의 지속성, 추정 이익 등을 근거로 총 1,600억 대 과징금을 부과했다.

그 규모가 농축수산업계에선 유례를 찾아볼 수 없을 만큼 막대한 과징금이었다.

이 처벌이 얼마나 컸던지, 세간에선 어협, 농협 등이 벌벌 떨고 있단 우스갯소리가 나왔다.

[공정위 16개 업체에 과징금 부과]
[기업들 모두 승복]

사실 이건 굉장히 기이한 광경에 속했다.

통상적으로 기업들은 과징금에 잘 승복하는 집단이 아니지 않나. 그것도 한두 푼이 아닌 회사 대들보를 뿌리째 뽑아가는 1,600억대 과징금이다.

"아니, 기업들이 이걸 다 승복해? 행정소송도 안 하고?"

"응, 이야기 들어 보니 형사처벌 가지고 합의 봤대."

"아, 기업들한텐 형사처벌 안 한 거야?"

"양철기만 집중 타격한 거지."

사실 돈을 받은 놈 못지않게 준 놈도 나쁜 놈이지만, 지금은 선택과 집중을 해야 할 때다.

준철은 돈을 건넨 기업들 책임자는 모두 불기소처분으로

끝냈다.

이 덕분에 빠른 자백을 받아 내며 조사를 쉽게 끝낼 수 있었던 것이다.

"모두 고생 많으셨습니다."

언론에 해당 내용이 모두 나갈 때, TF팀은 공식적으로 해단식을 가졌다.

"담합 규모가 꽤 커서 다루기 힘들었을 텐데, 조사단 여러분 덕분에 조사가 수월했습니다."

준철은 고개를 돌렸다.

"특히나 4팀. 누가 들어도 알아듣기 쉽게 팸플릿 준비해 줘서 고맙습니다."

"그거야 과장님이 다 지시하신 거죠."

조사를 성공적으로 끝내서일까, 다들 얼굴이 밝았다.

사실 카르텔조사국에서 기업들의 승복을 구경하기란 쉽지 않았다.

보통 담합은 기본이 천억대 심하면 조 단위로 터졌으니까.

범행을 들키면 그때부턴 과징금을 최대한 깎으려고 1, 2심은 기본으로 갔다.

하지만 젊은 과장이 지휘하며 이 모든 걸 한 방에 해결하지 않았나.

모든 과장들이 7개 팀은 필요할 거라 했는데, 2개나 적은 5개 팀으로 토벌해 버렸다.

공정거래
위원회

익히 소문은 들었다만, 그 솜씨에 경외감이 들 지경이었다.

꙲

똑똑.

"국장님, 이준철 과장입니다."

"응, 들어와."

문을 열고 들어서니 카르텔국 조상호 국장이 먼저 자리를 지키고 있었다.

"아, 말씀 나누고 계셨으면 나중에 올까요?"

"나중은 무슨, 한창 자네 얘기 중이었는데. TF팀은 해단했나?"

"예, 오늘로써 사건 모두 종결지었습니다."

유경민 국장은 기분 좋게 웃으며 고개를 돌렸다.

"우리 조 국장은 이 과장한테 크게 한턱내야겠다. 알지? 담합 사건은 기업들이 어지간해선 승복 절대 안 하는 거."

"그렇게 말 안 해도 내가 술 한잔 사겠다 말하려 했어. 유 국장은 꼭 초를 치더라."

"난 또 커피로 때울까 봐, 하하."

조 국장은 준철에게 손을 내밀었다.

"나 카르텔국 조 국장이야. 이번에 발령받았다고?"

"예, 처음 뵙겠습니다, 이준철 과장입니다."

"소문은 익히 들었어. 팀장 때도 굵직한 사건만 맡았다더니, 이번에 아주 실력 구경 제대로 했네."

준철은 멋쩍게 머리를 긁적였다.

자신에 대한 소문이 그리 좋지는 않을 텐데.

"감사합니다."

"종합국이면 앞으로 우리랑 업무 보조 할 일 많을 테니, 잘 좀 부탁해."

"저도 잘 부탁드립니다."

유 국장은 흐뭇하게 웃더니 한마디 거들었다.

"조 국장님, 빈말이 아니라 진짜로 잘 좀 부탁합니다. 우리 종합국은 급할 때마다 불 꺼 주러 다니는데, 꼭 일 끝나면 찬밥이더라."

"또 그 소리야."

"늘 뒷얘기 많이 나오잖아. 특별히 부탁해."

국장들은 조사가 끝날 때마다 고과 점수를 매긴다. 특히나 이번처럼 큰 사건의 경우, 누구를 밀어주느냐에 따라 공정인상 수상자가 가려질 수도 있다.

고과는 당연히 그 역할에 따라 점수가 배분되어야 하지만, 아무래도 팔은 안으로 굽어지기 마련.

종합국은 일만 실컷 도와주고 변변한 점수도 못 얻어 가는 것이 현실이었다.

공정거래
위원회

"걱정 마. 이번 사건은 이 과장 안 밀어주고는 나도 못 배길 것 같으니까."

"흐허허."

"그럼 나중에 좋은 자리에서 한번 보지."

조 국장은 준철의 어깨를 툭툭 치며 자리를 떠났다.

유 국장은 가볍게 한숨을 내쉬며 한결 편한 자세로 말했다.

"나도 실력 구경 한번 잘했다. 아주 시원시원하게 일 처리 잘했더군."

"감사합니다."

"근데 성미를 보니 영 고과 점수 같은 거엔 관심이 없나 봐?"

점수뿐만 아니라 아예 출세에 욕심이 없는 놈이다.

세종 본청으로 갔다가 여기로 돌아온 것만 봐도 알 수 있다.

"사실 공정인 상도 한번 타 보고, 해외 연수도 다녀와 봐서…… 딱히 큰 욕심이 없었습니다."

유 국장이 혀를 찼다.

"자넨 나한테 생색내는 법 좀 배워야겠구먼."

"예?"

"팀장으로선 그래도 돼. 일 잘하고 생색도 안 내는 팀장은 보물이니까. 근데 과장은 지휘부다. 일만 잘하고 성과는 못 챙기는 과장을 어떤 팀장이 따르겠어?"

준철은 그 뜻을 한 번에 알아들었다.

평사원에서 임원까지 진급해 본 김성균 아닌가.

회사 생활할 때 가장 따르기 싫은 상사는 일만 잔뜩 받아 오는 멍 · 부들이었다.

"제가 또 그렇게 멍청하고 부지런한 유형은 아닙니다. 챙길 땐 확실하게 챙깁니다."

유 국장은 준철을 슬며시 훑었다.

살짝 발끈하는 걸 보니 성격이 아주 없는 건 아닌 것 같다.

"그래도 국장님이 보시기엔 많이 부족할 겁니다. 많이 배우겠습니다."

"흐허허, 자네 입에 발린 소리도 좀 할 줄 아는구먼."

적당히 자신을 낮추면서도 할 말은 할 줄 안다.

유 국장은 호탕하게 웃었다.

"마음에 든다. 우리 앞으로 잘해 보자고."

"네."

"그나저나 자네 과의 팀장들은 다 만나 봤나? 부임하자마자 내가 사건을 맡겨 버려서 좀 걸렸는데."

"팀장 2명이 파견 나가 있더군요. 그 친구들 빼곤 다 만나 봤습니다."

사실 준철은 왜 유 국장이 이런 말을 대뜸 꺼냈는지 알 것 같았다.

첫 대면에서 팀장들이 자신에게 우호적이지 않다는 건 여실히 느낄 수 있었다.

이건 비단 경험이 부족하고 나이가 어려서 때문만이 아니다. 새로 부임한 과장이 팀장 시절 어떤 사건을 맡았는지 알고 있으니, 모두 거리를 두는 거겠지.

유 국장은 아무래도 이런 뒤숭숭한 분위기를 읽은 모양이었다.

"그 친구들은 다음 주에 다 복귀할 거야. 신상은 알지?"

"예, 행시 출신 사무관이라고 들었습니다."

두 명의 남자 사무관이라고 들었다.

모두 20대 후반으로, 준철보다 나이도 어린 직속 후배들이다.

"나이 많은 팀장들 상대하는 것보단 훨씬 수월할 거야."

"네."

"좀만 있으면 정기회의지?"

"그렇습니다."

"그때 인사 나누고, 또 다른 팀장들하고 좀 더 친해져 봐."

유 국장은 어깨를 툭툭 쳤다.

"나이 많은 팀장들이 불편하겠지만 그것도 한때다. 집무실로 불러서 커피 자주 타 줘. 그것만큼 좋은 게 없더라."

"명심하겠습니다."

준철도 기분 좋게 조언을 들었다.

꼭 손자에게 격대 교육을 시켜 주는 할아버지 같은 모습이다. 말 한마디, 한마디에서 얼마나 자신을 걱정하고 위하는지 알 수 있었다.

사실 다른 팀장들하고 얼마나 가까워질 수 있을지는 모르겠지만, 앞에 있는 유 국장과는 빨리 가까워질 것 같았다.

닭고기 파동이 어느 정도 가라앉고 공정위에도 평화가 찾아왔다.

준철은 각 팀장들이 올린 보고서와 업무 내용을 보고받았다.

종합국은 담합, 갑질 등 공정위에서 안 맡는 사건이 없다. 준철은 조사 내용을 하나하나 검토하며 결재를 도맡았다.

그렇게 사건을 보고받고 결재 사인을 하는 날이 많아지자, 새삼 과장이 어떤 자리인지 실감할 수 있었다.

'이거 조사 꼬이면 다 내 잘못이 되는 거지?'

권한이 높아졌다는 건 책임도 높아졌다는 뜻이다.

지금 갈긴 사인 하나가 어쩌면 징계위원회로 연결될 수도 있다.

그리 생각하니 사건 하나하나에 온 신경을 쏟아 검토할 수밖에 없었다.

새삼 오 과장과 김 국장이 얼마나 대단한 사람들인지도 느낄 수 있었다.

솔직히 자기 같은 놈이 밑에 팀장으로 들어온다면, 그들처럼 믿어 주고 지켜 줄 수 있을까 하는 마음도 들었다.

'가만있자. 정기회의가 언제지?'

준철은 달력으로 눈을 돌렸다.

정기회의는 한 달에 한 번 있는 행사로, 현황을 듣는 자리다.

주로 월초에 진행되는데, 마침 다음 주 월요일이 월초였다.

'지난번에 인사 못 한 두 팀장도 있다 했지?'

행시 출신이라고 들었다.

뭐 다음 주가 되면 겸사겸사 얼굴을 볼 수 있겠지.

'어떤 타입일까?'

현실에 찌든 팀장? 아니면 자신의 옛날 모습을 보는 듯한 열혈 팀장?

되도록 후자였으면 좋겠다.

진짜로, 제대로, 잘 가르쳐 줄 자신 있는데…….

질 끝판왕 사망

한명그룹
김성균 본부

정기회의

"아휴, 복귀하기 싫다."

"왜 또 앓는 소리야?"

"일해 보니까 딱 알겠어. 난 종합국 체질이 아니야."

"약관심사과에 처음 파견 왔을 때도 같은 소리 했잖아. 네 적성 아니라고."

"배부른 소리였지. 겪어 보니까 공정위 최고 보직은 약관 팀이야. 정시 출퇴근 보장되고, 현장에 실사 안 나가도 되고. 얼마나 좋아?"

행시 동기 서도윤과 배명철은 담배를 피우며 넋두리를 했다.

이제 겨우 2년 차인 두 사람은 고시 동기들 사이에서 불운의 아이콘으로 통했다.

연수원을 우수한 성적으로 졸업하고 공정위로 왔건만, 하필 첫 발령지가 자타공인 기피 부처인 종합국이었으니 말이다.

사실 지난 1년이 어떻게 흘러갔는지도 모르겠다.

담합 터지면 갑자기 카르텔국으로 차출되고, 갑질 터지면 기업거래국, 과장 광고 터지면 안전정보과로 차출되는 게 종합국의 숙명이었다.

연이은 파견에 두 사람은 전임 과장에게 하소연도 해 보았다.

–고충은 이해한다만, 이게 다 피가 되고 살이 된다. 행시들은 다 국장 이상 급으로 진급하는 거 알지? 많은 사건을 경험해 보는 게 두 사람에게도 좋아. 적응만 하면, 종합국처럼 편한 곳이 없어.

그렇게 둘러대던 전임 과장은 정작 기회가 오자 미련 없이 종합국을 박차고 나가 버렸다.

화장실로 자리를 옮기는 와중에도 서도윤의 불평이 계속됐다.

"오늘따라 엄살이 심하네? 새로 부임한 과장 때문이지?"

"그래, 얘기 들어 보니 완전 미친개라더라."

"야, 말조심해, 미친개라니. 누가 들으면 어쩌려고…….."

"뭐, 내가 지어냈냐. 다른 사람들이 다 그렇게 부르던데."

오늘따라 서도윤의 불평이 심했던 건 새로 부임한 과장 때문이었다.

"이번에 한육원 담합 사건 봤어? 전국 양계장들이 공정위 앞에서 벌 떼처럼 시위하던데, 눈 하나 깜짝 안 하더라."

"그래…… 뚝심은 있어 보이더라."

"뚝심이 아니라 그건 똥고집이야. TF조사단이 달걀 세례를 그렇게나 맞았대."

다른 과장이었다면 절대로 이 사건 이렇게 해결 안 한다.

적당히 만지다 권고로 끝내거나, 농림부 같은 관할 부처에 사건을 넘겼을 것이다.

그럼 비록 비리 규모를 다 드러낼 순 없겠지만, 누가 뭐 그거 다 밝혀낸다고 포상해 주나?

하지만 그 미친개는 기어코 조사를 강행했고, 축산업계에선 유례를 찾아볼 수 없는 1,600억대 과징금을 부과해 버렸다.

"그리고 그 양반 팀장 때 맡았던 사건들 들어 봤어?"

"군부대 입찰 담합?"

"그건 애교지. 은행들 금리인하권, 대한전력 하청 근로자 사망 뭐 정치권에서도 뜯어말리는 사건들 죄다 건들고 다녔어."

준철의 팀장 시절 활약상은 도시괴담이 아닐까 싶을 만큼

파란만장했다.

의문이 생기면 의문이 풀릴 때까지 파는 집요한 유형이다.

새로 부임한 과장은 미친개라는 표현이 딱히 과하지 않았다.

"그것 때문에 전임 국장이 정치권에 미운털 잔뜩 박히고 퇴임했다잖아."

"근데 그건 그 과장 잘못이 아니지 않냐? 재임 자료 턴 건 정치권이 옹졸했던 거지."

"위에서 눈치 주면 적당히 눈치 보는 것도 공무원 소양이야! 내가 봤을 때 우리 과장은 딱 눈치 없이 일만 멍청하게 하는 사람이야."

쏴아악.

그때 변기에서 물 내려가는 소리가 들리며 웬 사내가 세면대로 왔다.

'이크, 들었나?'

두 사람은 금세 입을 다물었다.

비슷한 연배로 보이는 사내는 한눈에 봐도 행시 출신으로, 처음 보는 얼굴이었다.

종합국에 행시 출신은 없었기에 두 사람은 조금 안도했다.

뭐, 타 부처 사람이면 욕하는 소릴 들었더라도 상관없지.

젊은 사내는 이들에게 눈길도 주지 않으며 비누로 손을 씻었다.

"서 팀장, 얼른 가자. 정기회의 곧 시작하겠다."

**공정거래
위원회**

"어, 그래. 306호 회의실 맞지?"

"응."

그때 문득 손을 씻던 사내가 말했다.

"아, 그럴 필요 없어. 두 사람은 내 집무실로 올라가."

'이게 뭐지?' 하기도 잠시.

"오늘 종합국 정기회의는 내 집무실에서 하기로 했거든, 간단히 팀장들하고만."

"……예?"

"두 사람 종합국 소속이지?"

배명철과 서도윤은 메두사 대가리를 본 것처럼 몸이 굳어 버렸다.

설마…….

"반갑다. 내가 종합국 미친개, 이준철이야."

≈

"부임하자마자 사건을 맡아서 제대로 인사 나눌 겨를이 없었네요."

정기회의는 가벼운 차담회 분위기로 진행되었다.

준철은 커피 7잔을 손수 타며 말을 이었다.

"제 집무실은 항상 열려 있습니다. 어려운 일 있으면 자주 찾아와서 의견 나눠 주세요."

일전에 다소 뻣뻣했던 팀장들 얼굴이 오늘은 좀 누그러져 있었다.

그도 그럴 것이 한육원 담합 사건은 이미 공정위 내 파다하게 퍼진 터였다. 1,600억대 과징금을 깔끔하게 승복시켰다던가?

기업들은 160억 과징금도 승복하는 족속들이 아니다. 근데 그 열 배인 1,600억대 과징금을 어떻게 승복시켰담?

비록 함께 사건을 맡은 건 아니지만, 신임 과장의 업무 실력이 어떤지 눈에 그려졌다.

"환대해 주셔서 감사합니다. 정말 자주 와야겠네요."

"네. 구내 카페다 생각하고 자주 들러 주십쇼."

"오- 과장님, 커피 맛이 일품인데요?"

"제가 또 본청에 있을 때 별명이 바리스타였습니다."

빈말이 아니다.

사실 과장도 지방사무소에서나 지휘부지 본청에선 말단이다. 거긴 복도에서 부딪히는 사람들이 다 행시들이다.

회의만 했다 하면 최소 국장급, 차관급이었으니, 준철 같은 과장들은 커피만 부지런히 날랐다.

"아예 드립커피기를 여기에 배치해서 종류별로 준비해 놓을까 합니다."

준철의 넉살스러운 반응에 집무실엔 웃음꽃이 폈다.

하지만 모두가 웃는 와중에도 배명철과 서도윤은 사색이

되어 있었다.

'젠장, 회사에서 제일 입조심해야 할 곳이 화장실이라더니, 재수가 없어도 이렇게 없을 게 뭐람!'

―반갑다. 내가 종합국 미친개, 이준철이야.

방금 전 화장실에서 있었던 일을 떠올리면 등에서 식은땀이 흘렀다.

그 어떠한 변명도 필요가 없다. 오늘부로 단단히 찍혔다.

"배 팀장, 서 팀장?"

"예, 예?"

"커피가 입맛에 안 맞나?"

"아, 아닙니다. 이렇게 맛있는 커피는 처음 먹어 봅니다."

"입에도 안 댔으면서 무슨."

그 말이 또 위협적으로 들렸는지 두 사람은 그 뜨거운 커피를 바로 원샷으로 때렸다.

준철은 피식 웃으며 찻잔을 내려놨다.

"사실 여기 계신 분들 모두 저에 대해서 잘 아실 겁니다."

"……."

"제가 팀장 시절 종합국에서 일하기도 했고, 또 민감한 사건도 많이 만져 봐서 억울하게 유명 인사가 된 감이 있습니다. 근데 제가 또 힘든 사건 좋아하는 만큼, 그 성과도 확실히 챙겨 가는 사람이거든요."

배명철과 서도윤은 이게 꼭 자신들을 저격하듯 꺼내는 말 같았다.

"수고한 만큼 반드시 그 성과도 챙겨 드릴 거라 말씀드리고 싶습니다. 모두 잘 부탁드립니다."

이에 1팀장이 말했다.

"그래 주신다면 너무 감사하죠. 솔직히 타 부처는 우리 종합국을 무슨 막노동 잡부로 생각하는 것 같습니다."

"맞아요. 귀찮고 힘든 일은 전부 저희한테 떠밀고 자기들은 서류 작업만 하는 감이 있어요."

"물론 업무 특성상 저희가 보조할 수밖에 없는 입장이긴 한데…… 그래도 좀 고과는 공평하게 받아야 하는 거 아닌가 싶습니다."

툭 터놓고 대화하니 이들이 왜 처음에 경계했는지 알 것 같았다.

안 그래도 늘 찬밥 신세로 당하고 사는 게 이들 아닌가. 민감한 사건 좋아하고, 큰일 마다하지 않는 과장이 못내 걱정스러웠을 것이다.

"염려 마세요. 타 부처에서 협조 요청 오면, 저도 신중하게 검토하고 진행하겠습니다."

"신경 써 주셔서 감사합니다."

덕담이 끝나자 본격적으로 업무 얘기가 나왔다.

공정거래
위원회

"저희 1팀은 현재 갑질 사건을 조사 중입니다. 프랜차이즈 본사에서 가맹점에 비싼 수수료를 물게 했더군요. 판촉비도 가맹점들에게 전가시키고."

"저희 2팀은 기업거래국과 산재 사건을 조사 중입니다. 건설업계 쪽인데, 원청에서 산재 사망 사고를 덮은 것 같습니다."

공정위의 토탈팀인 만큼 종합국이 맡는 사건은 각양각색이었다.

"해서 이 문제는 바로 소환조사를 할까 싶은데요."

"소환조사로 이게 될까요?"

"하면……."

"영장 작업 하세요."

참으로 이색적인 회의였다.

보통은 팀장들이 조사 수위를 높이면 과장들은 뜯어말리기 바쁘다. 결과가 없으면 과잉 조사로 역공을 당하기 때문이다.

한데 이 젊은 과장은 상당히 공격적인 조사를 지시하고 있었다.

"그 사건은 구속영장까지 친다 생각하고 빨리 진행하는 게 좋겠네요."

"아, 예……."

"근데 아마 검사들이 영장 잘 안 써 줄 겁니다. 필요하면 저한테 말씀해 주세요."

준철은 팀장들에게 폭풍 같은 지시를 내린 후, 혈기 왕성한 신입 팀장들에게 눈을 돌렸다.

"두 사람은 약관심사과에서 이제 막 복귀했지?"

"아, 예."

"무슨 사건이었어?"

서도윤이 목소리를 가다듬었다.

"병원에서 환자들에게 과잉 진료를 유도하고, 그 비용을 전부 보험사에 청구했다는 내용이었습니다."

"음— 굉장히 평범한 사건이었네?"

병원과 보험사가 싸우는 건 이 업계에서 굉장히 흔한 일이었다.

의사들의 '가라 진단'이 무척 많았기 때문이다.

허리 잠깐 삐끗한 환자에게 CT와 MRI를 찍어 버리는 경우는 다반사.

때론 환자가 의사에게 과잉 진료를 요구하기도 했다. 의사가 꼭 필요한 진료였다고 둘러대면 모든 비용을 보험사에서 지불해야 했으니.

"네, 약관팀에선 굉장히 흔한 사건이라 하더라고요."

"근데 그건 공정위가 딱히 나서 줄 수가 없는데?"

"네, 양측 다 기업들이라 적당히 중재로 끝냈습니다."

솔직히 공정위가 누구 편을 들어 줄 수 있겠나.

이건 그냥 보험사랑 병원이랑 알아서 잘 해결해야 한다.

"근데 한 가지 문제가 생겼습니다."

"문제?"

"사실 이건 문제라 볼 수 있을까 싶은데……."

배명철이 주저하며 말했다.

"그 과정에서 투서 하나가 도착했습니다."

"투서?"

"한성대병원이 제약업체들로부터 리베이트를 받았다는 제보였는데요."

준철이 고개를 갸웃거렸다.

갑자기 리베이트?

"보험사랑 대학병원이 싸우는데, 왜 갑자기 제약 회사 리베이트 얘기가 나와?"

"아무래도 보험사가 악의적으로 우리 쪽에 제보한 것 같습니다."

상황이 대강 그려졌다.

보험사는 대학병원이랑 싸웠을 것이고, 감정이 격해진 나머지 공정위에 투서를 날린 거겠지.

"근데 그 내용이 상당 부분 그럴듯하더라고요."

"자세해?"

"네. 저희가 슬쩍 한성대병원 처방 기록을 회수해 봤는데요. 7년 동안 한 제약업체에게 처방을 몰아준 것 같았습니다."

하지만 결코 감정싸움으로 끝낼 문제가 아닌 듯 보였다.

보통 이렇게 적대적 관계의 기업이 날리는 투서가 신빙성은 높다.

"약관팀에선 뭐래?"

"공식적으로 신고된 사건은 아닌지라 문제 삼지 않았습니다. 근데 또 거기에 앙심을 품고 2차, 3차 제보를 투척해서⋯⋯."

"그래서 한 달 동안 파견에서 돌아오지 못한 거야?"

"예. 근데 저희 쪽에서 무시하니 결국 그쪽에서 포기한 것 같습니다."

준철은 턱을 쓰다듬더니 대뜸 말했다.

"그럼 그 제보 좀 가져와 봐."

"예?"

"원래 기업들끼리 진흙탕 싸움할 때 신빙성 있는 뒷얘기가 많이 나오거든. 그 자료 나도 한번 보자."

❦

메디신제약 김성득 대표는 아침 회의에서 고성을 질렀다.

고래 싸움에 새우 등 터지는 것도 정도껏이지, 이 대체 무슨 경우란 말인가.

"대체 왜 불똥이 우리한테 튀어!"

사실 한성대병원의 과잉 진료는 업계에서도 악명이 자자했다.

의료진들의 실력에 비해 병상이 턱없이 부족했고, 재단은 만년 적자에 시달렸기 때문이다.

그들은 '대학병원'이란 자부심을 집어치우고 2인 병실을 vip병동으로 개조하거나, 과잉 진료, 비급여 처방을 남발하는 등의 수익 사업에 골몰했다.

업계에선 칼 대신 메스를 든 강도란 비아냥이 나왔다.

이번 사건도 그 장사치 기질을 못 버려 터진 것이다.

보통 대학병원은 환자들에게 보수적인 치료로 유명하건만, 이건 뭐 접촉 사고 환자도 CT, MRI를 기본으로 찍어 버리니.

참다못한 보험사 세 곳이 연합해 이를 항의했고, 이 지경에까지 이르게 된 것이다.

"다들 뭐라 말 좀 해 봐. 우리가 한성대병원에 리베이트한 자료가 왜 보험사들 손에 들어가 있어? 그것도 아주 구체적으로."

"……."

"입 안 열 거면 내가 한번 맞혀 봐?"

두말해 뭐 하겠나.

바로 이 회의실에 쥐새끼가 한 마리 있기 때문이겠지. 어쩌면 한 마리가 아닐 수도 있고.

"내가 누차 강조했을 거야. 딴 놈한텐 다 술 얻어먹고 다녀도 절대 보험사들한텐 접대받지 말라고."

"……."

"누구야? 어떤 새끼가 우리 리베이트 자료 깠어?"

십여 명의 임원들이 모두 고개를 책상에 처박았다. 이럴 땐 눈도 함부로 마주쳐선 안 된다.

모두가 침묵을 지킬 때 메디신의 2인자인 홍영수 사장이 입을 열었다.

"대표님, 보험사들이 제약 회사들 리베이트 자료 쥐고 있는 건 공공연한 일입니다. 엄밀히 따지자면 이건 보험사들이 금도를 어겼습니다."

사실 보험사들은 꾸준하게 병원들의 약점거리를 찾는 족속들이다. 늘 싸우는 존재들이니.

그래도 어지간해선 그 비밀을 안 푸는데, 이번엔 보험사들이 그 금도를 완전히 어겼다. 물론 한성대병원의 횡포가 그만큼 심했던 거겠지만.

홍 사장의 읍소에 김 대표의 머리도 한결 차가워졌다.

"그럼 홍 사장이 향후 대책도 말해 봐. 우리 지금 뭐 해야 돼?"

"이성적으로 판단할 때입니다. 보험사에서 투서를 계속 날렸다고는 하나 공정위에선 여타 할 반응이 없잖습니까."

"투서 내용 못 봤어? 이미 자세하게 폭로됐다."

공정거래
위원회

"근데 아직 반응이 없습니다. 공정위도 이 제보 자료가 무슨 목적인지 아는 겁니다."

불행 중 다행히도 공정위는 이 투서에 반응하지 않았다.

하지만 마음속 깊은 곳에서 우러나오는 찝찝함을 다 지울 순 없다. 보험사들의 투서 내용이 작정이라도 한 듯 자세하지 않았나. 만약 별건 조사가 시작되면 리베이트를 들키는 건 시간문제다.

대표의 불안함을 읽은 건지 임원들도 한둘 입을 열었다.

"대표님, 너무 염려 마십쇼. 만약 공정위가 별건 조사 들어 갔을 거라면 진작 했을 겁니다."

"그리고 한성병원이 저희한테만 리베이트를 받았겠습니까?"

"아닌 말로 제약 회사한테 리베이트 받는 대학병원이 한두 곳인가요. 한성병원 까면 다른 곳도 다 까야 되는데 이건 공정위도 감당 못 합니다."

공정위가 왜 이렇게 자세한 제보를 받는데도 별건 조사를 하지 않았을까?

답은 간단하다. 제약 회사 리베이트는 업계에서 관행처럼 이뤄지는 일이니 손대고 싶지 않은 것이다.

게다가 의료인은 대한민국 최고 엘리트만 모인 특수 집단. 여느 기업과 달리 여긴 파업할 기미만 보여도 온 국민이 불안에 떤다. 근데 이 벌집을 들쑤실 미친 공무원이 과연 있을까?

생각이 이쯤 미치니 김 대표 얼굴에도 불안감이 많이 가셨다.

"빌어먹을 놈의 보험사들. 병원이랑 얘기 안 풀린다고 이걸 찔러? 쯧쯧, 근데 그 제보 내용은 얼마나 자세했어?"

"저희가 재단에 장학금 기부한 내역이랑 의사들 회식비를 저희 법카로 긁은 게 걸렸습니다."

"그 두 개만 걸린 거야?"

"병원장에게 명절마다 백화점 상품권 돌린 것도……."

"해외 학회 참석에 저희가 비행기를 업그레이드시켜 준 것도……."

김 대표가 혀를 찼다.

"걸릴 건 다 걸렸구먼."

"사실 그렇습니다."

"얘기가 나와서 하는 말인데 우리도 이제 좀 리베이트 그만하면 안 되나?"

메디신도 피해자라면 피해자다.

대학병원이 원청이면 제약 회사는 납품 업체. 이번 사건도 한성대병원이 리베이트를 하라고 노골적으로 요구해서 들어 준 것이었다.

"내가 안 그래도 떡값이 너무 들어서 한번 결판내려 했어. 그것들은 무슨 회식만 했다 하면 천, 2천에, 비행기는 꼭 퍼스트클래스야. 이번 기회에 떡값 좀 줄여 봐."

공정거래
위원회

임원들은 펄쩍 뛰었다.

"대표님, 그건 절대 안 됩니다!"

"한성병원은 리베이트 안 받으면 절대 처방전 안 써 줘요."

"저희가 떡값 줄이기 시작하면 귀신같이 타 제약 업체로 바꿔 버릴 겁니다."

이전과 달리 거의 김 대표를 잡아먹을 듯 말했다.

그도 그럴 것이 이건 잠깐의 풍파다.

한데 만약 이것 때문에 리베이트를 안 한다면? 한성병원은 당연히 납품을 끊을 것이고 그 빈자리는 다른 제약 회사가 채울 것이다.

과징금은 고작 수십억이지만, 거래가 끊기는 건 수백억 손해.

사실 대표가 구속된다 한들 한성병원에 대한 리베이트는 계속되어야 한다.

"그래……. 답답해서 넋두리 한번 해 봤다. 그래도 조심해야 할 건 하자고."

"예."

"홍 사장, 혹시 모르니까 한성병원에 납품하는 다른 제약 업체들도 만나 봐. 혹여나 말을 맞춰 놓을 수 있는 건 다 맞춰 놓으라고."

"알겠습니다."

"그리고 공정위 동향 계속해서 주시해. 리베이트 사건 별건 조사 들어가면 당해 낼 재간 없다."

☙

"김 이사, 요즘 한명건설 왜 이렇게 시끄러워?"

"투서 말씀이십니까?"

"한두 건이 아니야. 뭐 최영석 부회장이 페이퍼 컴퍼니로 비자금 만들었다, 건설자재 빼돌린다, 산재사고 은폐했다."

"하하, 원래 큰 공사 뜨면 업계에 악의적 제보가 판을 치지 않습니까."

"제보 내용 보니까 상당수 일리 있어 보이던데?"

"그게 다 사실이면 한명건설이 어떻게 도급 1위겠습니까. 본래 1등은 적도 많은 법이죠."

"이거 원 불안해서 일을 맡길 수 있어야지."

"염려 붙들어 매십쇼. 모두 사실무근입니다."

큰 공사 한 건 뜨면 건설 업계에선 투서가 날아다녔다.

업계 상도? 금기?

수천억의 이권 앞에선 다 부질없는 말이다.

경쟁사의 산재 은폐, 비자금 내역 등 모든 치부를 폭로해 관할 부처에 고발했다.

업계 1위였던 한명건설은 그중에서도 유난히 제보에 시달려야 했는데, 이를 무마하고 공사를 따내는 것이 김성균의 주요한 임무 중 하나였다.

우스운 사실은 이 내용이 먼 훗날엔 다 사실로 드러난다는 것.

제3자에겐 악의적 제보로 보이지만, 사실 기업들이 엄청난 정보력과 철저한 검증을 통해 만든 팩트 자료인 것이다.

준철은 그래서 더 잘 알 수 있었다.

보험사들이 폭로한 내용도 결코 허무맹랑한 얘기가 아닐 것임을.

"서 팀장, 배 팀장하고 지금 내 방으로 올라와 봐. 아니, 별일 아니니까 그냥 빈손으로 와."

인터폰을 끊고 준철은 의자에 몸을 뉘었다.

한성대학병원.

이곳은 한성재단의 지원을 받는 국내 10위의 대학병원이었다.

하지만 이름만 지원이지 사실은 한성재단의 소년가장이라 봐도 무방했다.

전신인 한성대학교가 부실 대학에 오르내리는 적자 대학이었기 때문이다.

환자들의 복리 증진을 위해 쓰여야 할 병원 기부금이 기숙사 신축에 쓰이다 적발된 적도 있었다.

이에 재단 측은 의대생 기숙사라 변명했지만, 실사를 나가보니 전교생이 쓰는 기숙사였다.

백 번 양보해서 의대생 기숙사였다 해도 이건 명백한 배임이다.

'기숙사는 등록금으로 충당해야지 왜 병원 기부금으로 짓고 있어?'

만약 기업에서 벌어졌다면 부당 계열사 지원으로 엄청난 과징금이 뒤따랐을 문제다.

하지만 등록금 인상은 정부에서 살벌하게 통제하는 문제기도 했고, 의대생 지원이 큰 맥락에선 환자들 복리 증진과 연결되기도 했으니 천만 원대 과징금으로 사건은 종결됐다.

하지만 뒤이어 또 사고가 터져 버렸으니.

한성대병원 간호사 노조가 처우 개선을 요구하며 대규모 파업을 벌였다.

보통의 파업, 특히나 의료직 파업은 사람들에게 질타를 받으나, 그건 도리어 여론에서 동정론이 일어날 정도였다.

한성대병원은 간호 업계에서 회전문으로 통할 정도로 신입 간호사들의 퇴사율이 높았다.

그도 그럴 것이 3교대 간호사들이 거의 2교대처럼 일했으며, 오버 타임 수당은 없었다.

업무 특성상 여자가 많은 집단인데 출산 휴가를 쓸 땐 위에서 퇴사 압박을 가했다.

결정적으로 8년째나 임금이 동결되며, 간호사들이 들고일어난 것이다.

공정거래
위원회

'참고 일한 사람들이 보살이네.'

이와 같이 한성병원을 둘러싼 사건들은 끊임이 없었다.

준철은 나직이 한숨을 쉬었다.

하나하나 따져 보면 다 재단 적자 때문에 발생한 사건들이다.

경험상 이런 재단은 리베이트의 유혹으로부터 취약하다.

"부르셨습니까, 과장님."

그리 생각할 때, 서도윤과 배명철이 집무실에 도착했다.

확실히 젊은 게 좋다.

파견에서 복귀한 두 사람은 일주일 새 혈색이 좋아졌다.

"다들 얼굴색 좋아졌네?"

"예, 야근도 없고 주말에 출근도 없어서 잠을 많이 잤습니다."

"그래, 잠이 보약이지. 커피 한 잔씩 할까?"

"아, 괜찮습니다. 방금 마시고 왔습니다."

"그럼 한 잔 더 마셔. 당분간 밤 좀 많이 새워야겠다."

"……예?"

준철은 서류를 넘겼다.

"지난 정기회의 때 다뤘던 한성대병원 말이야. 이거 제보 자료 탄탄하던데 왜 별건 조사 안 했지?"

"아 그건 보험사에서 악의적으로 투서한 자료라……."

"뭐 당연히 꿍꿍이가 있어 투서했겠지만 내용 자체는 틀린 말이 없던데?"

두 사람은 적잖이 당황했다.

"약관심사과에서 이걸 그냥 덮었어?"

왠지 불길한 지시가 떨어질 것 같았다.

"그냥 덮었다기보단……. 사안이 애매해 묻었습니다."

"뭐가 애매해? 딱 봐도 제약 회사의 리베이트인데."

"의사가 제약 회사에게 직접적으로 뒷돈을 받은 건 아니라서요."

보통의 리베이트는 뒷돈을 받은 정황이 명확해야 혐의가 입증된다. 하지만 이번 경우 사람이 기업에게 뒷돈을 받은 정황은 없었다.

"알아. 근데 사람이 받진 않았지만 재단이 돈을 받았잖아."

"예?"

"메디신 제약이 한성재단에 낸 기부금 말이야. 이게 다 독점 납품에 대한 대가 아닌가?"

"정황상 그렇습니다만, 그건 법정에서 그냥 낸 기부금이라 하면 그만입니다."

"그럼 메디신이 한성대학교에 낸 장학금은? 이건 병원이랑 관계도 없는데 그냥 냈잖아."

"좀 애매하긴 하지만 그래도 빠져나간다면 나갈 수 있습니다."

"의사들 회식할 때 법카로 회식비도 긁어 줬네. 이건?"

공정거래
위원회

두 사람은 더 이상 대답하지 못했다.

준철은 고개를 저으며 웃었다.

"이거 봐, 이게 어떻게 리베이트가 아니야? 이건 명백한 대가성 기부금이다. 해서 말인데 두 사람이 이거 한번 디벨롭해 보지 그래?"

"……예?"

질 끝판왕 사망

한명그룹
김성균 본부장

리베이트

세간에 떠도는 소문이 정확히 맞았다.

신입과장은 보이는 대로 다 물어뜯는 미친개다.

"과장님 이게 저희끼리 조사를 결정할 수는 없을 것 같습니다."

"알아. 주무부처인 제조업감시과에 협조 요청해야지."

"그쪽에서 협조할까요?"

안 할 가능성이 크다.

첫 째로 종합감시국은 공정위 내의 대표적인 '하청업체'. 다른 과에서 협조 요청 왔을 때 도움을 주는 곳이지, 없는 사건을 만들어 가는 곳이 아니다.

게다가 지금은 조사 명분도 부족한 실정.

보험사가 악의적으로 찌른 제보를 정식 조사 들어가겠다 하면 면전에서 미친놈 소리를 들을지도 모른다.

하지만 준철은 대수롭지 않다는 듯 말했다.

"안 하겠다면 우리가 직접 조사해야지. 뭐 별수 있겠어?"

"……"

"어차피 보험사에서 준 정보들 다 상세하잖아."

"제보하는 것과 이를 입증하는 건 천지 차이예요."

목격자가 살인 사건 용의자를 아주 자세하게 진술해 줬다 치자.

인상착의대로 그 용의자를 잡으면 그때부턴 범행도구, 알리바이 등 이놈이 범죄를 저질렀단 사실을 입증까지 해야 한다.

"그러니까 지금 타 주는 커피 많이 마셔 둬. 한동안은 밤 좀 많이 새울 거야."

두 사람 얼굴에 핏기가 가시자 준철이 타이르듯 말했다.

"원래 사건이란 게 그래. 어렵게 생각하면 한도 끝도 없는 법이지."

"……"

"근데 이렇게 자세한 제보가 들어왔는데 공정위가 묵살해 봐. 나중에 또 뒷말 나오지 않겠어?"

"……알겠습니다. 하면 저희가 뭘 하면 될까요?"

준철이 서류를 들었다.

공정거래
위원회

"플랜 A. 제조업감시과와 협업한다. 만약 그쪽에서 본건 조사하면 두 사람이 파견 다녀오면 돼."

제조업감시과는 제약 업체, 병원 등 리베이트를 전문적으로 감독하는 부처다.

소위 말해 캐비닛 자료가 많다.

어떤 병원이 얼마나 리베이트를 받는지, 특히나 어디 제약 업체가 리베이트가 심한지 등의 업계 동향이 다 보관되어 있을 것이다.

"플랜 B는요?"

"방금 말한 대로 우리가 맡는 경우. 내가 조사단장 하고 두 사람이 팀장으로서 역할을 해 주면 돼."

"사실상 플랜 B로 가겠군요."

"응. 큰 기대는 마. 제조업감시과의 캐비닛 자료만 얻어도 만족해야 돼."

사실 어떤 조사를 하든 캐비닛 자료가 있느냐 없느냐는 천지 차이다. 업계에서 흔히 쓰이는 범행 수법을 파악하고 있어야 조사 진도도 빠르게 나갈 수 있으니.

아닌 말로 제약 업체가 사과 박스 로비로 납품을 따냈겠는가?

납품 대가로 재단에 기부금을 내거나, 장학금을 내거나 하는 등의 지능적인 로비 방식이 쓰였을 터다.

'어지간해선 전문 부처가 맡아 주는 게 좋긴 한데.'

준철은 헛기침을 하며 물었다.

"또 궁금한 거 있어?"

서 팀장이 조심히 손을 들었다.

"과장님. 정말로 이 사건에 확신이 드십니까?"

"응. 일단 대략적으로 파악해 보니 제보 내용이 얼추 맞는 것 같고, 또 진정성도 엿보이잖아?"

"진정성요?"

"보험사가 얼마나 악에 받쳤으면 대학병원 리베이트 자료를 찔렀겠어. 사실 이런 건 악의적 제보가 아니야. 이판사판 제보지."

진흙탕 싸움에서 튀어나오는 말만큼 진실한 게 없다.

보험사들이 대학병원에 과잉 진료로 항의를 할 정도면, 한성대병원이 수익 사업을 엄청나게 진행하고 있었단 의미도 된다.

"그리고 냄새가 나."

"냄새요?

"한성재단 까 보니까 온통 적자투성이더라고. 간호사들이 1년에 세 차례나 파업할 만큼. 이런 병원은 절대로 정상 경영으론 돌아갈 수가 없지."

준철은 조심스레 사견도 덧붙였다.

"경험상 이런 병원은 절대 한 곳에서만 리베이트 받지 않는다."

"헉…… 과장님 설마 연루 업체가 더 있는 거라 보십니까?"

"당연하지. 한성병원에 납품하는 제약 업체가 수백 곳인데, 진짜 딱 한 놈한테만 받았겠어? 메디신은 그중에서도 규모가 가장 컸던 놈일 뿐이야. 이것들은 까면 더 나와."

두 팀장은 어느새 준철의 말에 고개를 끄덕이고 있었다.

열악한 재단 재정, 간호사들의 파업, 보험사의 제보. 생각해 보니 구린 구석이 참 많은 병원이다.

다만 문제는 제조업감시과가 이 사건에 협조를 해 줄까 하는 것인데…… 그건 좀체 확신할 수 없었다.

"걱정하지 마. 내가 또 사람 설득은 잘하는 편이니까."

"……네."

❧

대학병원에서 쓰는 약제품은 모두 공개 입찰을 통해 결정된다.

의사가 개별 처방하는 게 아니라, 병원과 계약된 업체에게 처방전을 내주는 것이다. 의사들의 일탈을 방지하고, 입찰을 통해 약값을 최대한 낮게 책정할 수 있으니 모든 3차병원은 이렇게 약제품을 관리한다.

하지만 이는 부작용도 만만치 않았다.

달리 말해 입찰만 따내면 대학병원에 독점 유통할 수 있다는 것 아닌가!

　해서 의약 업계에 만연한 문제가 바로 '1원 낙찰'이었다.

　이는 제약 업체들이 자사 약품을 공짜로 납품하는 관행이
다.

　제약 회사들은 병원엔 공짜로 약을 납품하고, 원외처방(병
원 주변이 아닌 다른 곳에서 약 사는 것)에서 바가지를 잔뜩 씌워 수익
을 보전한다.

　한국은 엄격한 의약분업 국가로 약사는 반드시 의사가 내
린 처방전대로 약을 줘야 한다. 대학병원 납품권만 따내면
여기서 내리는 처방전엔 모두 자사 약품이 들어가니, 이 얼
마나 남는 장사인가.

　'죄다 1원 낙찰이네?'

　메디신제약은 그런 업계 관행에 아주 충실한 회사였다.

　그들이 한성대병원에 단독 납품하는 16종의 약제품은 모
두 1원 낙찰로 따낸 계약이었다.

　그렇게 한 해 납품하는 약 제품 가격만 3,200억. 이는 한성
대병원 납품 제약 업체 중 최고 규모였다.

　'아주 제대로 물었구만. 회사 매출 50%가 다 한성대병원
관련 매출이야.'

　메디신제약은 한성대병원 덕에 돌아간다 해도 과언이 아
니었다.

　그들의 매출 절반이 한성대에 납품하는 16종 약품에서 발

생했으니 말이다.

"쯧쯧."

준철은 고개를 저었다.

보험사들이 찌른 제보엔 메디신이 약 30억대 리베이트를 해 왔다 폭로되어 있었는데, 절대로 그게 끝이 아닐 거란 확신이 들었다.

준철이 검토한 자료는 제조업감시과에도 통보되었다.

"안녕하십니까, 종합국 이준철 과장입니다."

"유철호 과장입니다. 앉으시죠."

넉살 좋게 인사를 해 봤는데, 냉랭한 반응이 돌아왔다. 이렇게 싫은 티를 팍팍 낼 줄이야.

유철호 과장은 물 한 잔 내오지 않고 한숨부터 쉬었다.

"주신 자료는 잘 검토했습니다. 한데 제가 저의를 잘 파악 못해서. 이걸 저희한테 주신 이유가 뭡니까?"

"달리 이유가 있겠습니까. 아무래도 이 건은 조사해야 되지 않나 싶습니다."

유 국장은 고개를 저었다.

"네. 확실히 문제는 있어 보였습니다. 근데 이 과장님 이게 어디서 나온 제보인지 아시지요?"

"보험사요."

"그냥 보험사가 아니라 해당 병원과 피터지게 싸우고 있는 분쟁 업체죠."

유 과장이 서류를 툭툭 쳤다.

"저희는 보통 이런 걸 악의적 제보라 부릅니다. 함부로 조사 들어가기 힘든 사건이라는 말씀입니다."

"그것 말고는요?"

"예?"

"메신저가 누구였는지 말고, 메시지 자체는 어떠셨나요. 이 제보에 근거가 없다거나 빈약하다 등의 문제점 같은 게 있었나요?"

유 과장의 입이 다물어졌다.

그도 그럴 것이 준철은 이미 만발의 준비를 마치고 자료를 보낸 터였다. 메디신제약은 한성재단에 꾸준하게 기부금을 내어 왔고, 납품 매출이 늘 땐 덩달아 기부금도 커졌다.

게다가 이들은 병원과 관련 없는 한성대학교에도 장학금 사업을 지원하고 있었다.

이는 누가 봐도 명백한 대가성 기부금이다.

"지금 그게 중요한 게 아니잖아요. 여기 지금 분쟁 업체라니까."

"그건 그거고 이건 이겁니다. 제보 자료 자체만 보면 당장 검찰 수사 들어가도 이상하지 않을 만큼 명확해요."

공정거래
위원회

"아니, 이 과장님. 겨우 기부금 내역 가지고 제약 업체 치자는 건 너무 무모한 거 아닙니까?"

유 과장의 언성이 커졌다.

"막말로 제약 업체치고 한성재단에 기부금 안 내는 회사들이 어디 있어? 우리 캐비닛 자료에서 파악한 것만 해도 수십 곳이에요."

"지당한 지적이십니다. 이참에 그 제약 업체들 한번 다 까보죠."

"뭐요?"

"저희도 메디신제약만 억울하게 걸린 거지, 결코 혼자서 리베이트했다고 보지 않거든요."

유 과장은 잠시 귀를 의심했다.

소문난 또라이라고 듣기는 들었는데, 지금 내가 이해한 말이 맞나?

"그 수십 곳 제약 업체들 중에서도 한성대병원에 리베이트 대고 있었던 기업이 있을 겁니다."

"······."

"이참에 그거 한번 다 털어 보죠."

자신의 이해가 정확했단 걸 깨달았을 땐 비웃음도 나오지 않았다.

"이 과장님. 진짜 미치······ 아니 의약 업계의 생리에 대해선 아십니까?"

"네. 한국은 OECD 국가 중에서 의료수가가 가장 낮고, 정부도 이런 점을 감안해 의약 업계 로비에 대해선 암암리에 넘어가는 편이죠."

"잘 아시는 분이 대체 왜 이러세요."

유 과장이 답답하다는 투로 말했다.

"우리가 재단 기부금 털면, 병원은 드러눕습니다."

"저희도 적당한 건 넘어갈 겁니다. 근데 그것도 어느 정도여야죠."

"한성대병원은 그 '어느 정도'를 넘었습니까?"

"네. 이것뿐 아니라 제약 업체 법카로 회식한 내역이 넘쳐 납니다. 병원 기부금으로 대학교 기숙사를 지은 내역도 있죠."

준철은 목소리에 힘을 줬다.

"근데 돈을 이렇게 함부로 쓰면 어떡합니까."

유 과장도 그 말만큼은 반박할 수 없었다.

같은 한성재단이라고 돈을 그냥 막 가져다 썼다.

기업으로 따지면 흑자 계열사 이익금을 적자 계열사 불 끄는 데 썼다는 건데, 이러면 재벌 총수도 무사할 수가 없다.

"이 모두 병원이란 특수성 때문에 적당히 묵인하고 넘어갔던 문제들입니다. 근데 적당히 묵인해 준 결과가 이 지경에까지 온 거 아닙니까."

"……."

"반드시 조사해야 합니다. 업계에 경종을 울리기 위해서라도."

그는 미간을 짚더니 말했다.

"그래서 이거 조사를 어떻게 하시려고요."

"주무부처인 제조업감시과가 맡아 주십쇼."

"죄송하지만 지금 저희는 인력이 없습니다."

그리 말하는 유 과장 심정도 억울했다.

엄밀히 말해 종합국은 다른 과가 인력 부족할 때 도움 요청하는 곳이지, 이렇게 혹을 붙여 주는 곳이 아니지 않나.

"그럼 저희가 해야겠군요."

준철도 처음부터 플랜 B를 고려하고 있었기에 별 미련 없었다.

아닌 게 아니라 이런 반응을 보니, 조사도 시원치 않게 할 것 같았다.

"대신 제조업감시과가 가지고 있는 캐비닛 자료 좀 넘겨주세요. 타 대학 병원 재단 기록물, 그리고 제약 업체들이 얼마나 기부금을 내고 있는지 등 자세한 자료 다 넘겨주시면 감사하겠습니다."

❦

준철은 제조업감시과로부터 캐비닛 자료를 넘겨받았다.

어느 정도 예상은 했건만, 조금은 충격적이다. 한국 의료계는 제약 업체 로비로 돌아간다 해도 과언이 아니었다.

3차병원은 모두 입찰 방식으로 제약 업체를 선정했는데, 의료 재단은 돈세탁 업체들처럼 제약 회사로부터 돈을 받았다. 과연 의료 재단 기부금 중 환자들의 복리 증진에 쓰인 돈은 얼마나 될까.

물론 그렇다고 해서 한성재단의 리베이트가 정당화될 수는 없다.

한성재단은 그중에서도 단연 압도적으로 제약 회사들의 뼁을 뜯었다.

준철은 한성재단과 타 재단을 비교해 그중에서도 문제될 만한 내역들을 가렸다.

한성재단은 확실히 의료 재단으로 볼 수 없는, 차라리 기업에 가까운 재단이었다. 제약 업체들로부터 받는 기부금이 타 재단보다 월등히 높았으며, 그 횟수도 잦았다.

"서 팀장."

"예."

"이거 자료 정리해서 한성재단에 소명 요구장 보내."

"바로 검찰에 고발하는 게 아니라요?"

"내가 그렇게 경우가 없는 놈은 아니야. 해명할 기회는 한 번 줘 봐야지."

사실 준철은 경우가 없는 놈이 맞긴 했다.

다만 소명할 기회를 한 번 줬느냐, 아니냐에 따라 재판 결과가 달라질 수도 있다. 법원에 이런 과정을 거쳤습니다, 하고 어필할 형식적인 절차들이 필요한 것이다.

"어차피 궁색한 변명이나 해 댈 텐데 이게 의미가 있는지 모르겠습니다."

"그건 그거대로 의미가 있지. 법원에 제출할 좋은 증거 자료들이 될 텐데."

"아, 그렇군요."

"시간 줘 봤자 좋을 게 없어. 오늘 안으로 보내."

"알겠습니다."

두 팀장은 자료를 추합해 바로 한성재단에 소명장을 보냈다.

소명 요구장은 이쪽 업계에서 선전포고문이다.

대부분 해명할 수 없는 내용을 해명하라고 압박하는 것이니, 사실상 조사를 시작하겠단 엄포와 다름없다.

"이 새끼들이 대체 왜 이래?"

"아무래도 보험사의 투서 내용을 조사하겠다는 것 같습니다."

"이 자식들은 상도도 없어? 그걸 진행해?"

한성재단 대표 김홍석 이사장은 길길이 날뛰었다.

화가 머리끝까지 치민다.

지금 한성대병원이 보험사와 분쟁 중이라는 건 모두가 아는 사실 아닌가. 그 과정에서 튀어나온 악의적 제보를 조사하겠다는 건 금도를 어기는 것이다.

"알아보니 그 담당자가 보통 정신 나간 놈이 아니더군요."

"누군데?"

"이준철 과장이라고 합니다."

재단 본부장이 준철의 이력에 대해 설명해 주었다.

"최근엔 한육원의 닭고기 담합 사건을 조사했는데, 양계조합의 총파업 예고에도 불구하고 조사를 강행해 버렸다고 합니다."

"담당자의 성격상 이번 사건도 강행할 가능성이 큽니다."

김홍석 이사장은 콧방귀를 뀌었다.

"젊은 놈이 나대는 걸 좋아하는 타입인가 보지?"

"그런 것 같습니다."

"보통 이런 애들이 실속은 없지. 지금 공정위가 걸고넘어진 게 뭐야?"

"법카 회식, 비행기 업그레이드, 명절 떡값 등의 혐의를 다 걸었는데 그중에서도 가장 큰 건 제약 업체들의 기부금입니다."

김홍석은 끙– 앓았다.

단순히 나대는 것 좋아하고 실속 없는 놈이 아닌 것 같다.

걸고넘어진 혐의들이 꽤 뼈아픈 내용들 아닌가.

하지만 서류 검토가 끝났을 땐 다시 여유롭게 웃을 수 있었다.

"멍청한 놈. 이 정도 정황은 다른 의료 재단도 다 있는 건데."

"맞습니다."

"보니까 아직 결정적인 건 못 잡았나 봐?"

"네. 제약 회사 기부금이 대가성이란 사실은 입증 못 했습니다. 사실 이건 할 수가 없습니다."

제약 회사들이 의료 재단에 기부금을 내는 건 외연적으로 보기에 안 좋긴 하다.

하지만 뭐 변명이야 지어내면 그만 아닌가. 의학 발전을 위해 돈 좀 기부했다고 둘러대면 그만이다.

"근데 이사장님. 이게 꼭 그렇지는 않은 것 같습니다."

"무슨 말이지?"

"기부금 내역뿐 아니라 다른 떡값 내역도 걸고넘어졌잖습니까."

제약 회사들이 병원장에게 명절 때마다 돌린 떡값, 비행기 업그레이드 내역 같은 자잘한 내역을 잡았다.

"기부금은 몰라도 일단 이건 대가성 입증이 쉽습니다. 그리고 병원들 회식할 때 법카를 긁은 내역 또한 걸렸습니다."

"그거야 잡아떼면 그만이지. 의사들이 제약 회사 직원한테 술 한잔 접대받는 게 죄야?"

물론 술자리 접대가 아니라, 의사들이 노는 자리에 법카만 긁고 간 것이지만 그건 입증 못 할 것이다.

"기부금은 의료 발전 차원에서 낸 기부금이라 둘러대. 그 정도 리베이트야 이 바닥에서 흔하니까 문제없어."

"그건 그렇습니다."

"대충 넘어가자고."

김홍석은 이 사건이 길게 갈 것 같지 않았다.

제약 회사들은 로비 9단들 아닌가. 지금쯤 열심히 회계 자료 조작해서 로비 흔적들을 지우고 있을 것이다.

이런 상황에서 재단 이사장이 할 일은 하나다.

그 흔적 다 지워질 때까지 시간을 벌어 주는 것.

"그럼 소명 요구엔 뭐라고 할까요?"

ℰ

"과장님. 한성대학병원에서 소명 답장 왔습니다."

"뭐? 벌써?"

"예."

뭐지? 자신의 죄를 반성하는 건가?

한바탕 시간을 끌 줄 알았는데, 생각보다 대답이 빨리 도착했다.

하지만 그 답장을 확인했을 때 준철은 얼굴이 벌겋게 달아올랐다.

[의료 재단 기부금은 보건복지부도 건들지 않는 예민한 문제입니다. 이에 대해 공정위가 소명을 요구하는 건 자칫 월권으로 비춰질 수도 있습니다. 이와 별개로 투서 내용은 모두 사실무근임을 밝힙니다.]

해명을 하라 했더니 도리어 협박 편지를 보내왔다.

준철은 괘씸해서 치가 다 떨렸지만, 경험이 많지 않은 두 팀장은 이미 겁을 집어먹었다.

"……과장님 이쪽 말도 일리가 있는데요."

"자칫하면 우리가 월권으로 걸릴 것 같습니다."

준철은 콧방귀를 뀌었다.

"그렇게 담이 작아서 어디 큰 사건 맡을 수 있겠어?"

"예?"

"이게 월권이면 그놈들은 사형이야. 이건 재단 기부금 소명 못 하니, 월권으로 걸고넘어지겠다고 협박하는 거라고."

준철은 신경질적으로 서류를 넘겼다.

"됐다. 소명 요구야 어차피 형식적인 절차였으니."

"하면……."

"바로 다음 단계로 돌입해. 어차피 이놈들은 우리랑 대화 안 해."

다음 단계는 바로 기업들에 대한 압수수색.

조사에서 수사로 넘어가는 단계다.

"그럼 바로 영장 작업할까요?"

"그 보단 메디신제약에 먼저 한번 가 보자. 아, 거기엔 소명 요구장 보냈나?"

"네. 근데 아직까지 답신 도착 안 한 걸 보면 소명 요구에 응할 것 같지 않습니다."

"그래. 대장 격인 한성재단이 이 따위로 소명을 했는데, 그 놈들은 더하겠지."

준철은 자리에서 일어났다.

"메디신 본사 어디야? 바로 가자."

"안녕하세요, 이준철 과장입니다."

공정위 조사팀은 바로 문제의 메디신제약으로 갔다.

분위기는 역시나 살벌했다. 경영진은 조사팀을 노려보고 있었는데, 뒤통수가 다 따가울 지경이었다.

"예, 안녕하세요. 제가 메디신제약 김성득 대표입니다. 한데 어인 일로?"

"소명 요구에 답장이 없으셔서요. 오늘 대답 좀 들으러 왔습니다."

김성득이 고개를 돌렸다.

"김 이사. 우리 언제 공정위한테 소명 요구 받았어?"

"예? 아…… 예. 일주일 전에 받은 걸로……."

"이 사람아. 그런 게 있으면 재깍 답장을 드려야지. 자네 때문에 이게 뭐야?"

꼴값을 떤다.

이미 다 보고 받고 임원들끼리 머리 싸매고 있었을 텐데 모른 척은.

"이런. 참 죄송하게 됐습니다. 저희 임원이 실수를 한 모양이군요."

"괜찮습니다."

"소명장은 빠른 시일 내로 보내겠습니다."

"아니요. 기왕 온 김에 대답 듣고 가죠. 저희가 입수한 제보 자료가 이런 내용들이거든요? 하나하나 설명 좀 해 주시겠어요?"

김성득의 여유로운 척했던 얼굴이 단번에 무너졌다.

이 젊은 놈은 좋게 말로 해선 안 될 것 같다.

"과장님. 거참 공정위가 꼭두각시 노릇하느라 고생이 많습니다."

"꼭두각시?"

"보험사가 넣은 악의적 제보로 이렇게 조사하는 게 맞느냐이 말씀입니다. 지금 업계 사람 모두가 다 이 조사를 비웃는건 아십니까?"

준철은 시큰둥하게 받아쳤다.

"저희도 그 점은 압니다. 근데 내용이 너무 자세해서요."

"보험사가 있는 소리 없는 소리 다 지껄여서 그럴듯한 제보 하나 만든 겁니다. 공무에 바쁘실 텐데 이런 거에 놀아나지 마세요."

"그럼 저희가 그 무고를 밝혀 드리죠. 메디신 회계 자료 좀볼 수 있습니까."

김 대표의 미간이 꿈틀거렸다.

"회계 자료 봐서 해서 뭘 하시게요?"

"그건 저희가 자료 보고 판단하죠."

"먼저 말씀해 주세요. 뭐 저희가 협조할 의무가 있는 건 아니잖아요?"

이럴 때마다 공정위의 권한의 한계가 한스럽다.

검찰처럼 압수수색장, 구속영장 팍팍 칠 수 있어야 되는데.

"꼭 저희가 압수영장 받아 와야 주시겠어요?"

"네."

"잘 생각하세요. 저희는 영장 청구할 때 압수수색만 치지않습니다. 구속도 함께 칠 거예요."

구속이란 말에 움찔거렸다.

켕기는 게 아주 없지는 않다. 이 정신 나간 놈이라면 구속 영장도 진짜로 받아올 거란 생각이 든다.

"김 이사, 자료 줘!"

그는 신경질적으로 말했다.

"근데 치사한 걸로 건들지 맙시다. 우리가 병원한테 좋은 의도로 낸 기부금 같은 거 말이에요. 그런 거까지 건들면 반발이 만만치 않을 거요."

"저희가 지금 하는 일이 그게 좋은 의도였는지, 대가성이 었는지 파악하는 겁니다."

준철은 여유롭게 웃었다.

"걱정 마세요. 죄가 없다면 저희가 앞장서서 무고를 증명해 드리겠습니다."

❧

"저놈들은 절대 무고가 아니야. 자료 제대로 파악해."

사무실로 돌아온 준철은 바로 돌변했다.

"서 팀장. 회계 자료 뜯어 봐서 이상한 거 잡히면 말해. 특히나 기부금 위주로."

"알겠습니다."

"배 팀장은 메디신 판촉비를 검토해. 병원장한테 백화점 상품권 돌렸으면 법카로 상품권 산 내역 있을 거야. 회식비 내역에도 비정상적인 게 분명 있을 거고."

"네. 알겠습니다."

오랜 회사 생활과, 팀장 생활로 다져진 직감이 말해 준다. 분명히 죄가 있는 놈들이란 걸.

지시를 받은 두 사람은 자리로 돌아가 지시에 집중했다.

하지만 생각보다 만만치 않았다.

"과장님. 한발 늦은 것 같습니다. 벌써 많이 흔적들을 지웠네요."

"뭐?"

"그냥 낸 기부금은 많지만 이걸 대가성으로 연결 짓는 건 어려울 것 같습니다. 이렇게 되면 직접적 연관이 없다고 잡아뗄 수 있습니다."

"젠장. 그냥 소명 요구장 보낼 때 바로 영장도 신청했어야 했는데."

그리 말할 때 배명수가 말을 이었다.

"근데 과장님. 법카 내역 쪽에서 좀 이상한 게 잡혔습니다. 이걸 한번 봐 주세요."

배 팀장이 가져온 자료를 본 준철이 무릎을 탁 쳤다.

"그래, 이거야!"

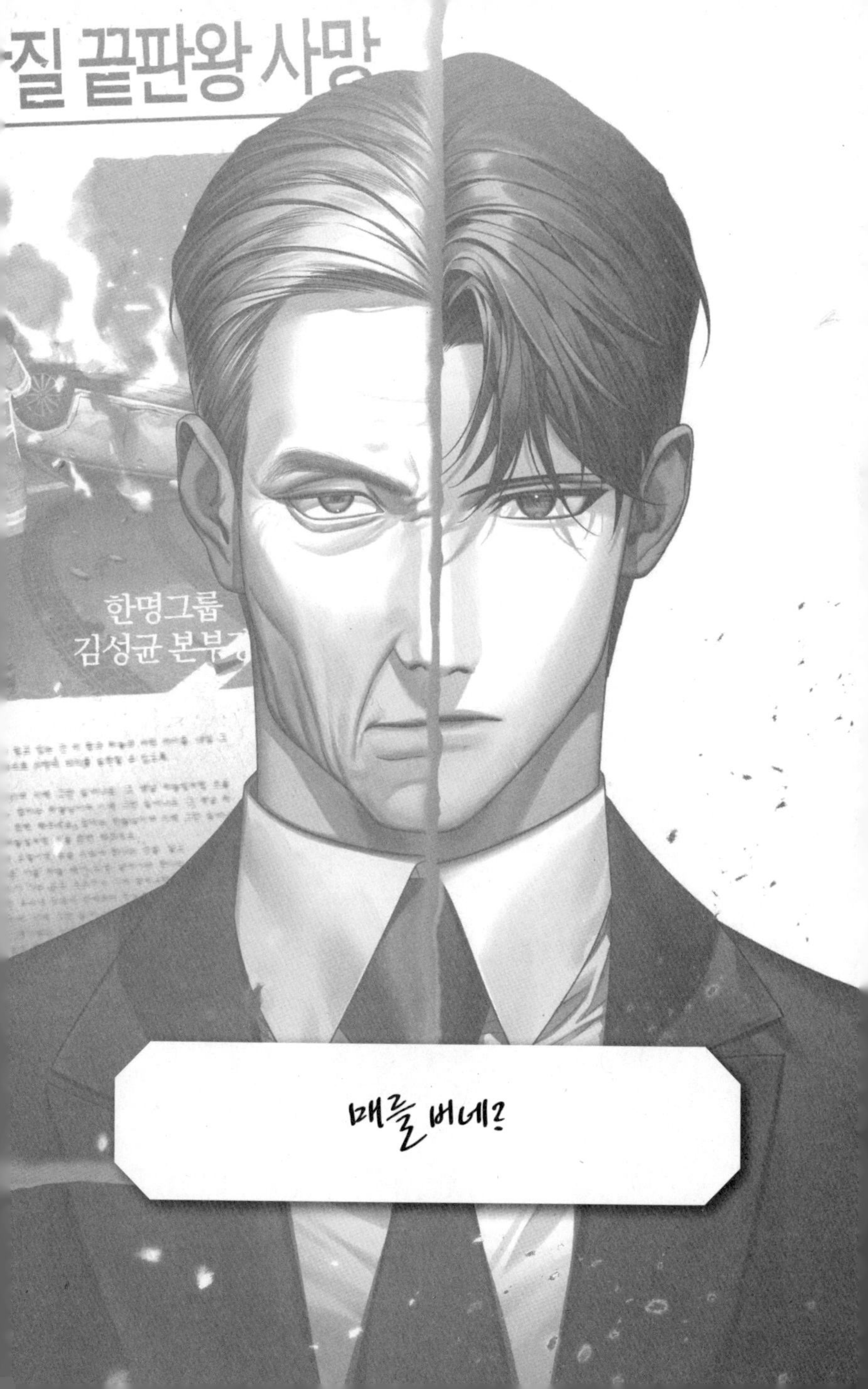
질 끝판왕 사망
한명그룹
김성균 본부장
매를 버네?

한성재단 관계자와 병원 간부들이 한자리에 모였다.

공정위의 조사가 거세지고 있었기에 모두들 얼굴이 좋지 않았다.

"더 이상 좌시할 수 없습니다. 보자 보자 하니까 누굴 보자 기로 알아요!"

"듣자 하니 이 사건 모두 보험사에서 투서한 내용대로 움 직이더군요."

"대관절 사정 기관이 이렇게 기업들 손에 놀아나서야 쓰겠 습니까."

모두들 강경한 발언을 쏟아 냈다.

메디신제약이 압수수색을 당하며, 공정위의 칼날이 턱밑

까지 치고 들어왔기 때문이다.

"이사장님. 이젠 우리도 뭔가 행동을 보여 줘야 할 땝니다."

"대책이라도 있나?"

"이에는 이, 악에는 악으로 맞서야죠. 언론에 입장문 내고 우리 억울함 적극 피력하시죠."

이사장은 고개를 저었다.

"섣부른 행동이야. 우리가 제약 업체들에게 뒷돈을 받은 건 사실이니."

"그게 다 병원을 위한 일 아니었습니까."

"……병원과 관련 없는 곳에도 재단 돈이 쓰였네."

제약 업체들로부터 돈을 받은 건 당연하거니와, 한성재단은 기부금을 학교 기숙사 신축에도 썼다.

기업들에게 같은 기록이 발견됐다면 이렇게 세월 좋게 회의할 시간도 없었을 터다.

당장에 구속영장이 나오고 난리도 아니었겠지.

그나마 상대가 병원이니 공정위가 점잖게 나와 주는 것이다.

"이사장님. 한 말씀만 드리겠습니다."

그때, 한 사내가 손을 들었다.

한성대병원장 박성만으로 의사들을 대표하는 사람이었다. 그는 재단 이사장도 함부로 대할 수 없을 만큼 지위가 막강한 사람이었다.

"다른 건 차치하고. 저희가 파악하기론 의사들의 회식비까지 걸린 걸로 압니다. 사실이 맞습니까."

"들은 대로요."

"그럼 이 모든 혐의가 다 걸렸을 때, 의사들 개인에 대한 처벌까지 떨어지는 겁니까?"

"그 상황은 우리 재단 측에서 최대한 막아……."

쾅-!

병원장이 성질을 못 이기고 탁자를 내리쳤다.

"세상에 이런 법이 어디 있습니까. 제약 회사들한테 접대 몇 번 받았다고 의사들을 개인 처벌해요? 재단에선 이를 방어도 하지 못하고?"

"박 원장. 일단 진정하고."

"어불성설입니다! 만약 우리 의사들에게 피해가 끼치면 우리도 가만있지 않겠어요."

박 원장 머릿속에 재단의 안위는 별로 없었다.

해당 사건이 의사들에게 얼마나 피해를 끼칠까, 오직 그것만이 중요했다.

사실 그는 누구보다 이 사건에 예민했다.

회식 때마다 제약 업체들의 법카를 긁어 대지 않았나. 의사들이 해외 학회에 참석하면 당연하다는 듯 비행기 업그레이드를 받았고, 제약 업체 영업사원들을 머슴처럼 부렸다.

게다가 이 로비의 정점인 자신은 명절 때마다 상품권도 받았다.

걸린다면 재단보다 의사들이 더 큰 처벌을 받을 것이다.

"최대한 막아 보겠소."

"그 말로는 부족해요. 절대로 처벌되어선 안 됩니다."

이사장은 짧게 한숨을 내쉬었다.

"방안이라도 있소?"

"우리가 쓸 수 있는 카드 다 쓰시죠."

"카드?"

"이번 사건이 보험사의 투서로 시작되었다는 걸 적극 어필합시다. 만약 이게 먹히지 않는다면 우리 응급실 몇 곳 닫아버릴 겁니다."

이사장은 사색이 됐다.

"지금 응급실 파업으로 협박하자는 게야?"

"뭐 진짜 할 건 아닙니다만 우리가 의중을 내비치는 것만으로도 여론이 험악해질 겁니다."

그 여론의 등쌀에 못 이겨 공정위가 조사를 종결한다.

이것이 박 원장의 계획이었다.

"아서! 지금 공정위가 공론화 안 해 주는 것도 천만다행인일이야. 대체 왜 우리가 긁어 부스럼 만들어?"

"공론화를 안 하는 게 아니라 못 하는 겁니다. 그들도 우리의 반발이 얼마나 무서운지 알아요."

"그 담당자에 대해선 우리가 더 잘 아네. 그자는 지난 양계

**공정거래
위원회**

장 총파업 때도 끄떡 않던 놈이야."

"양계장이랑 병원이 같습니까? 어디 얼마나 버틸 수 있는지 봅시다."

의사들은 환자들의 생사여탈권이란 엄청난 권력을 쥐고 있다.

대중들이 불안감만 느껴도 공정위의 날개 하나를 팍 꺾어 놓을 수 있겠지.

"제발 우리 이성적으로 생각하세. 그건 너무……."

"이사장님이 못 하시면 내가 합니다. 난 공정위가 우리 의사들까지 건드는 꼴 못 봐요."

이사장은 절망했다.

지금은 위기를 타개해야 하거늘. 박 원장은 머릿속엔 의사들밖에 없는 모양이다.

더욱 애석한 건 이미 회의실 분위기가 박 원장을 지지하는 모양새라는 거다.

"이사장님. 우리가 쓸 수 있는 유일한 카든데 왜 이걸 주저하세요."

"파업까지 직접 안 이어져도 좋은 협상 카드가 되긴 할 겁니다."

더 이상 버틸 수 없던 이사장이 결국 백기를 들었다.

"대신 약속 하나만 하세. 응급실 파업은 절대로, 절대로 일어나선 안 돼. 만약 인명 피해라도 발생하면 아무도 책임 못

져."

"저희가 뭐 그 정도로 똥 된장 구분 못 하겠습니까. 걱정 마십쇼."

병원장은 한심하단 눈빛으로 이사장을 훑었다.

저렇게 겁이 많아서야 어떻게 큰일을 한다고. 쯧쯧-.

-다음 소식입니다. 현재 보험사들과 과잉 진료 분쟁을 겪고 있는 한성대학병원이 긴급 성명을 발표하고 공정위를 규탄했습니다.

현재 한성대병원은 제약 업체들로부터 리베이트를 받았는지에 대한 조사를 받고 있는데요.

재단 측은 이 모두 보험사의 악의적 제보로, 재론할 가치도 없는 문제라 일축했습니다.

병원장의 규탄 성명은 엄청나게 위협적이었다.

-의약 업계의 고질적인 관행이 문제라면 얼마든 시정하겠습니다. 한데 현 조사는 특정 병원을 찍어 누르기 위함으로밖에 보이지 않습니다. 일각에선 공정위가 보험사들에게 사주를 받았단 말까지 나오고 있는 실정입니다.

……(중략)……

한국은 의료수가가 OECD 평균에도 한참 미치지 못하는 국가입니다. 현 한국의 의료 시스템은 의사들의 일방적 희생으로 운용되고 있다 해도 과언이 아닐 겁니다.

재단 기부금은 이 열악한 환경을 보완할 수 있는 최소한의 장치입니다. 제약 업체들에게 기부금을 받는 것이 모양새는 좋지 않아 보일 수 있으나, 환자들의 복리를 고려하면 불가피한 선택이라 말할 수 있겠습니다.

만약 이마저도 용인치 않으면 만년 적자인 응급실, 외상외과 등을 어떤 병원이 계속 유지하겠습니까.

저희가 적자 분과 파업이라도 해야 합니까?

저희 의료진 일동은 공정위의 무분별한 조사를 강력히 규탄하는 바입니다.

병원장의 규탄 성명에 여론이 일시에 달아올랐다.

─이거 완전 미친놈들이네? 업계 사정상 어쩔 수 없는 건 넘어가야 하는 거 아님?

─후레자식들아. 병원이 일 좀 하게 내비 둬라! 환자들 복리를 위한 일이었다잖아.

─아니 ㅅㅂ 저러다 병원들이 진짜 적자 분과 파업하면 어쩌려고!!

─근데 이거 진짜로 공정위가 사주받은 거 아님?

─○○ 현재 한성병원은 과잉 진료 문제로 보험사랑 분쟁 중.

─이 타이밍에 공정위가 한성병원 치는 건 사실상 보험사 손들어 준

거.

　-ㅋㅋㅋ 한성병원 리베이트? 진짜 뒷돈 받은 놈은 공정위 아니냐?

　-ㄹㅇ 공정위 조사관들 한번 털어 봐. 리베이트는 이 새끼들이 받았네!

아무래도 보험사들은 세간의 인식이 그리 좋지 않은 편이다.

병원장의 규탄 성명은 공정위를 악의 무리와 결탁한 나쁜 놈으로 만들었고, 병원은 이에 탄압당하는 순교자로 만들었다.

"과장님…… 이거 어떡할까요."

"저쪽에서 너무 세게 나오는데요."

서도윤과 배명철은 손을 달달 떨었다.

그도 그럴 것이 이건 준철도 예상하지 못했던 기습이었다.

"조사 더 진행하다간 진짜 저희가 보험사들한테 리베이트 받았다고 욕먹을 것 같습니다."

"리베이트 받았어?"

"……예?"

"우리가 보험사들한테 리베이트 받았냐고."

"그건 아닙니다만."

"그럼 당당하게 조사 진행해. 떳떳한데 왜 우리가 사려?"

준철은 화가 머리끝까지 치밀었다.

병원장 말대로 의사는 사회에 선한 영향력을 끼치는 집단이다. 그런 만큼 최대한 그들의 위신을 생각해 조용히 끝낼 생각이었다.

한데 방송국 카메라를 다 불러 저따위 성명을 발표하다니!

사실 공정위가 보험사랑 붙어먹었네 하는 소리는 그런대로 참아 줄 수 있었다. 보통 이런 사건 맡다 보면 늘 있는 모함이니까.

근데 넌지시 응급실 파업을 암시하며 조사를 압박하고 있다. 이는 의사에 대한 최소한의 존경심마저 사라지게 만들었다.

"근데 과장님. 이거 정말 강행해도 될까요? 성명을 보면 은근슬쩍 파업을 암시하는 것 같던데……."

"그러니까 더 조져 놔야지. 어디 환자들 목숨 가지고 협박질이야."

"그러다 정말 파업을 해 버리면요……? 그땐 인명 피해까지 발생할 수 있습니다."

의사들은 한다면 하는 족속들이다.

의약분업 때 얼마나 많은 응급실의 불이 꺼졌나. 한성대병원이 응급실을 닫으면 막대한 인명 피해가 발생하는 건 자명한 일이다.

자칫하면 공정위가 그 책임까지 다 져야 할 수도 있다.

"걱정 마. 저것들 절대로 파업 못 해."

"그걸 어떻게……."

"저런 공갈 한두 번 들어 보나."

근거 없는 확신이 아니다.

얼마나 많은 돈을 해 처먹었는지를 가장 잘 아는 건 본인들이다. 그 죄를 지어 놓고 파업해서 인명 피해까지 발생시킨다?

제아무리 의사라도 이건 뒷감당 못 한다.

"만약 진짜로 강행하면 싹 다 구속시킬 거야."

두 사람은 물러서지 않겠다는 과장의 고집을 확실히 이해했다.

"일단 일의 우선순위를 다시 정하자. 재단 기부금은 추후로 미뤄야겠어."

"그럼……?"

"확실한 것부터 쳐야지. 배 팀장 우리 그때 메디신 회계 자료에서 찾은 자료 있지?"

"아, 예. 유흥업소 기록요."

"어떻게 좀 알아봤어?"

"네. 근데 맞는 것 같습니다. 의사들이 유흥업소에서 놀았고, 제약 업체가 법카로 이걸 결제해 줬어요. 문제는 이에 대한 증인 확보인데…… 이게 좀 난항입니다."

"그 업소가 어디라고?"

"강남에 있는 원프로입니다. 좀 알아보니 여긴 아가씨랑

공정거래
위원회

2차도 나가는 업소 같더군요."

준철이 병원장의 파업 협박에도 굴하지 않을 수 있는 건, 바로 이 서류에 있었다.

의사들이 얼마나 질펀하게 놀았는지, 제약 회사 법카 내역에 고스란히 남아 있다.

재단 기부금이야 어물쩍 변명한다 쳐도, 과연 이 법카 로비는 어떻게 방어하려나?

"좋아. 바로 치자."

"근데 이거 증인 확보가 될까요? 여긴 고객들 신상 관리가 철저하기로 아주 유명하답니다."

"그래 봤자 유흥업소야. 지들 죽게 생기면 고객 신상이고 나발이고 눈에 뵈는 게 없어."

"그건 그렇죠. 그럼 언제 소환하실 겁니까."

"소환은 무슨, 우리가 직접 가서 담판 지어야지."

"지, 직접요?"

"그래, 조사관들 다 대기시켜. 오늘 밤은 진짜 화끈하게 놀아 볼 거야."

"오, 오늘 당장 가실 겁니까?"

준철은 안절부절못하는 두 사람을 뒤로하고 자리에서 벗어났다.

'여우 같은 새끼들.'

기가 차서 웃음이 난다.

조사를 막아 보려고 여론을 동원해? 그것도 공정위를 보험사랑 붙어먹은 놈으로 매도해서?

'이래서 좋을 게 없을 텐데?'

어쩌면 이게 더 좋을 수도 있다. 그래도 의사들 위신 챙겨 준다고 엄청 조심해 가며 조사를 진행하지 않았나.

그쪽에서 먼저 공론화시킨 문제니, 이젠 성질대로 조사를 진행할 수 있을 것 같다.

⟳

강남에 위치한 고급 룸살롱, 원프로.

"어서 옵셔~!"

오늘은 코스피 지수가 폭락한 날이라서 그런지 예약 손님들이 별로 없다.

하지만 No.1 웨이터 '박찬호'는 여느 때처럼 손님들을 맞았다.

그는 업계에서 10년을 구른 베테랑으로 넥타이만 봐도 고객들의 수준을 파악할 수 있었다.

"찬호야, 바깥에 차 대 났다."

"아, 진 사장님 오셨습니까!"

"그래, 파킹 좀 부탁해."

발렛 파킹 한 번에 오만 원.

**공정거래
위원회**

이곳에 들르는 손님들은 돈을 물 쓰듯 쓰는 거물들이다.

대한민국 상위 1%. 바로 원프로들만 모이는 곳이 바로 이곳이니 말이다.

"안녕하십니까, 사장님들! 원프로의 홈런왕자 웨이터 박찬호입니다. 저 박찬호는 삼진아웃 원칙을 반드시 지킵니다. 우리 아가씨들 만약 세 번 이상 빠꾸시키면, 그 술값은 제가 내겠습니다!"

싹싹하고 능숙한 응대에 그를 싫어하는 손님은 없었다.

물론 그가 모두에게 친절했던 것은 아니다. 차 키가 후지거나, 손목에 시계가 없거나 하는 등 빈티를 좀만 내비쳐도 그의 응대는 돌변했다.

"기본 세팅으로 준비해 놓겠습니다. 필요하면 불러 주세요."

룸에서 나온 박찬호는 혀를 찼다.

후진 양복에 관리 안 된 피부 그리고 액세서리. 한눈에 봐도 하위 업소만 전전하다 1프로 구경을 하러 온 초짜 손님들이다.

"찬호 형님, 8번 테이블에 술 뭐 넣을까요?"

"볼렌타인 하나 넣어."

"예? 볼렌타인 그 싸구려 술을요? 저희 업소 취급도 안 하는데……."

"그냥 편의점에 대충 하나 사 오고 과일 몇 개 깎아서 넣으란 말이야. 저것들 개털이다."

"아…… 예."

"그래도 계산서엔 한 300 써라. 관상이 딱 눈탱이 치기 좋은 놈들이야."

재력 평가하는 실력은 타의 추종을 불허할 정도라서 많은 후배 웨이터들이 그를 따랐다.

그때였다.

범상치 않아 보이는 양복쟁이 세 명이 문을 열고 들어섰다.

"어서 옵……."

인사를 하기도 전에 인상이 찌푸려졌다.

한눈에 봐도 자기 또래로 보이는 젊은 놈 세 명.

답답하게 양복에 넥타이까지 매고 있는 걸 보니 필시 회사원이다.

평범한 회사원이 상위 1프로만 드나들 수 있는 이곳에 오는 경우는 한 가지밖에 없다.

"계산하러 오셨어요?"

"계산?"

"영진제약에서 오신 거 아니에요? 오늘 그쪽 병원장님들 예약하셨던데."

얼굴만 보더니 반사적으로 저런 얘기가 튀어나온다.

오호라. 영업 사원들이 계산하려고 들락거린 게 한두 번 아니란 거지?

"아닌데."

"아니면 태동건설?"

"그냥 손님인데."

"……손님?"

"테이블 하나 줘 봐. 우리 오늘 좋은 날이라서 진탕 마시고 갈 거야."

박찬호는 어처구니가 없었다.

이 세 놈이 입은 양복 가격을 합쳐도 자신의 시계 값만 못하다. 돈도 없는 새끼가 어쩜 이리 싸가지도 없을 수 있단 말인가.

"죄송하지만 사장님, 저희는 철저히 예약제입니다. 신원 확인된 고객들만 받는 곳……."

"여기 사장 오성민이지. 업체 등록은 박성팔로 했는데 그놈은 바지사장이고."

"……예?"

"지금 내 전화 한 통이면 미국에 있는 오성민이 바로 한국 들어와야 될 텐데, 그래도 되겠어?"

박찬호의 얼굴이 팍 일그러졌다.

혹시 검산가? 화류 업계를 떡 주무르듯 하고. 신상을 이렇게 잘 파악하는 사람은 그쪽밖에 없는데.

'아니야……. 검사였으면 미리 사장님이 언질을 줬겠지.'

이곳에 오는 검사들의 특징이 있다.

바로 목에 검찰 출입증을 버젓이 드러낸다는 것. 내 비록 돈은 없지만 네들이 알아서 기어야 한다고 광고하고 다니는 것이다. 그래서 검사님들 술값은 뒤에 0을 하나 빼고 받는다.

하지만 세 놈은 결코 검사도 아닌 듯 보였다.

'씨벌. 저 잡것들은 대체 뭐야.'

아무리 요즘 화류 업계가 불황이라지만 수준이 떨어져도 너무 떨어졌다. 어디 포장마차에서 국수나 먹을 군번들이 손님 운운하는가.

'보나마나 개털이네.'

웨이터 박찬호는 가장 작은 방으로 세 사람을 안내했다.

그러곤 주방으로 가 기본 서비스를 준비한 후 다시 방문을 열었다.

"기본 세팅으로 준비해 놓겠습니다. 필요하면 불러 주십쇼."

"됐고. 메뉴판 좀 줘 봐."

"예?"

"메뉴판 없이 뭘 주문하라고. 왜? 이 집 혹시 손님들한테 메뉴판 안 보여 주고 술값 눈탱이 치나."

"그, 그럴 리가요."

룸살롱에서 메뉴판 찾는 건 보통 술값 흥정할 때나 있는 일이다.

공정거래
위원회

젊은 놈이라 만만하게 봤는데, 이런 데 한두 번 와 본 솜씨가 아닌 모양이다.

웨이터 박찬호는 쏜살같이 달려가 메뉴판을 대령했다.

"가격은 한 100만 원대 하는데 볼렌타인 한 병……."

"볼렌타인? 여기 뭐 싸구려 나이트클럽이야?"

"아, 아닙니다. 600만 원 선이긴 한데 실버블루가 있습니다. 이건 아가씨 TC 포함요."

"이 새끼 진짜 손님 볼 줄 모르네. 우리가 고작 그 정도로 보여?"

솔직히 그 정도도 못 할 것 같았지만 왠지 모를 저 당당함에 자꾸만 주눅이 들었다.

"여기서 제일 비싼 술이 뭐야?"

"예?"

"가장 비싼 술!"

"아……. 예. 아르망뒤 한 병에 1,200만 원입니다."

싸가지 없는 사내는 부하처럼 보이는 직원에게 눈을 돌렸다.

"서 팀장, 어때?"

"가격 들어 보니까 대충 견적 나오네요. 네, 여기 맞는 것 같습니다."

"우리도 한 병 시켜 먹어 볼까?"

"가능하시겠어요, 과장님?"

"뭐 운영지원과에 특수 활동비라고 둘러대지, 뭐."

"전 술맛 잘 모릅니다. 이 가격이면 술 먹다 체하겠어요."

대장으로 보이는 양복쟁이가 다시 말했다.

"공무원들이 마실 술은 없구먼. 됐고. 우린 그냥 소주 한 병에 노가리 하나 줘."

"……예?"

"뚜껑은 빨간 거로."

"과장님, 잡았습니다. 카드 긁어 보니까 김밥나라 2천만 원으로 긁히네요. 이 새끼들 포스기 분식집으로 되어 있습니다."

"여기 포스기는 무슨 보쌈집으로 되어 있는데요."

"오케이. '그 내역'하고 다 맞지?"

"네. 사업자 번호 조회해 봤는데, 메디신 법카가 긁은 곳과 동일합니다."

밤에 더 빛나는 원프로는 그날 풍비박산 나고 말았다.

갑자기 웬 공무원들이 들이닥쳐 업소를 산산조각 내고 있었으니.

"사, 사장님, 큰일 났습니다."

웨이터 박찬호는 미국에 있는 실사장에게 급히 전화를 걸어 현 상황에 대해 설명했다.

─그게 뭔 개소리야! 우리 다 경찰 끼고 하는데. 오늘 단속 나온단 얘기 없었어!

"그게 경찰이 아니라 무슨 공정한 곳에서 나왔다고 하는데……."

─뭐?

"하……. 이게 들었는데 까먹었습니다. 이게 무슨 평등인가 공정인가 하는 곳에서 나왔다는데……."

─설마, 국세청이야? 주류단속반?

그때 불쑥 한 손이 전화기를 낚아챘다.

"당신이 여기 원프로 사장 오성민이?"

─뭐야? 너는!

"나 공정거래위원회 이준철 과장이오."

전화기 너머에서 고래고래 소리가 터졌다.

─공정위고 나발이고 왜 남의 업장에서 지랄이야! 네들 이거 영업 방해인 거 알아?

"그럼 경찰 한번 불러 볼까? 여기 보니까 아주 재밌더구먼. 호텔하고 바로 연결돼서 아가씨들 2차 나가기도 좋고. 술은 업소용도 아니고 편의점용 팔고……. 아이고, 이건 뭐야. 손님이 먹다 남은 술 모아서 새 상품으로 둔갑시켰네? 이거 고객들한테 알려 주면 꽤 재밌겠는데?"

─누, 누구십니까. 저희가 뭘 잘못했나요.

약점을 모두 파악 당하자 상대는 곧 온순한 양이 되었다.

"거 장사하는데 방해해서 미안한데, 몇 가지 확인 좀 합시다. 여기 웨이터 박찬호 씨한테 우리한테 협조 좀 잘하라고 당부 좀 해 줘요."

준철은 전화기를 넘겼다.

웨이터 박찬호는 전화기를 받고 몇 번 끄덕이니 꿀꺽 침을 삼켰다.

"박찬호 씨, 우리 아까 그 얘기 좀 해 봅시다. 무슨 영진제약에서 여길 다녀왔다고? 병원장님들 회식하시는데."

"죄송합니다! 영업사원이 결재하러 온 줄 알았습니다. 선생님께서 너무 동안이시라 저도 모르게 그만."

"됐어, 사과할 필요 없으니까 그 얘기 좀 자세히 해 봐."

준철은 마저 말을 이었다.

"여기 그럼 한성대병원 의사들도 왔지?"

"그건 잘 기억이……."

"경찰 부를까."

"아, 예! 맞습니다. 한성대학병원 관계자 왔습니다."

"그 술값은 누가 계산했어요?"

"그건……."

준철이 찡긋 웃었다.

"메디신 제약 영업사원들이 왔지? 그 사람들은 법카만 내고 갔고."

침묵은 곧 긍정을 뜻했다.

"얼마나 왔어? 여기 장부 가져와 봐."

"그, 그건 안 됩니다. 저흰 고객 신상을 함부로 유출 안 해요."

"그래? 그럼 너도 한번 콩밥 먹어 보자. 서 팀장, 여기 경찰 불러서 아가씨들 2차 나간 거 싹 다 잡아. 배 팀장, 국세청 주류단속반 연락해서 이 새끼들 술 가지고 장난친 거 싹 다 넘겨."

왜 꼭 사람은 좋은 말로 해선 안 들을까.

그리 말하자 웨이터 박찬호가 납작 엎드렸다.

"죄송합니다! 죄송해요! 장부 다 남아 있습니다. 예약한 기록도 남아 있어요."

"진작 그랬어야지. 그때 무슨 카드로 긁었는지도 찾아와."

"……카드 번호만 말씀해 드려도 될까요?"

준철이 인상을 찌푸렸다.

"법원에 제출해야 되는데 그걸로 되겠냐? 싹 다 가져와."

◐

"상황이 많이 안 좋다."

한자리에 모인 한성대병원의 의사들은 모두 얼굴이 굳어 있었다.

"공정위 놈들이 원프로를 쳤다더군. 법카 내역을 다 까 본 모양이야."

"하면……."

"제약 회사가 우리 회식비 긁고 다닌 건 들켰어."

병원장은 노기를 감출 수 없었다.

응급실 파업을 예고하며 협박까지 했건만 눈 하나 깜짝 안 한다.

노기 어린 마음 이면엔 불안감도 컸다.

이건 시작에 불과하다. 명절 때마다 백화점 상품권을 받은 내역, 비행기 자리를 예약해 준 내역 등 걸릴 게 천지다.

"저희는 어떻게 되는 겁니까?"

"자네들한테 피해가 가는 일은 없을 걸세. 어차피 다 재단 측에서 감당하기로 했으니. 당분간 제약 업체들한테 로비 받지 말라는 의미에서 하는 말이야."

사실 제약 업체는 의사들에게 완전한 봉이었다.

그들은 의사들 회식뿐 아니라 간호사들 회식 자리에도 불려가 술값을 계산한다. 노래까지 부르고 나오는 영업사원도 많았다.

"그래도 희소식은 있다. 우리가 성명 발표하고 보건복지부에서 중재에 들어가 주기로 했어."

"하면……."

"적당히 몇 건 잡히다 끝나겠지. 당분간만 참으면 되니까 사고 치는 일 없도록 해."

🌀

무거운 회의가 끝나고 의사들은 한자리에 모여 넋두리를
했다.

"에휴- 당분간 좀 조심해야겠네."

"아- 제약 회사 법카로 가는 회식이 꿀인데."

"크큭. 뭘 걱정이야. 잠깐 조심하다 말 문젠데."

하지만 뭐 그것이 대수겠는가?

조사가 끝나면 다시 일상으로 돌아갈 것이며, 제약 회사들
의 법카 로비는 계속될 것이다. 다만 오늘은 그간 너무 심하
게 놀았으니, 좀 적당히 놀라는 경고 같은 것이다.

"그나저나 그 또라이는 뭐야? 보험사가 찌른 자료로 조사
를 해?"

"어- 완전히 보통 놈이 아니래. 미친 새끼지."

의사들은 낄낄거리면서 뒷담화에 열을 올렸다.

하지만 이 중에는 불안에 떠는 이도 있었다.

"근데 만약 조사가 우리까지 뻗치면 어떻게 되지?"

"맞아. 솔직히 우리가 제약 업체들한테 접대 받은 건 숨길
수 없는 거잖아."

이에 한 사내가 말했다.

"야! 재수 없는 소리 마. 공정위가 무슨 검찰도 아니고 이게 되겠냐?"

"아무렴. 어떻게 조사해. 괜히 겁먹을 필요 없다고."

의사들의 자신감은 그날 저녁 9시 뉴스가 방영되며 산산이 무너졌다.

─다음 소식입니다.

한성대학병원이 공정위 수사에 반발하며 특별 성명을 낸 가운데, 공정위가 새로운 자료를 입수했다 밝혔습니다. 한성대 의료진들 유흥업소에서 제약 회사 법인 카드를 긁었다는 내용인데요.

발표에 따르면, 한성대 의료진들은 강남 등지에 있는 고급 유흥업소에서 회식을 한 뒤 제약 업체의 법인카드로 계산했습니다.

이른바 '법카 로비'였습니다.

─한편 이번 조사의 쟁점이었던 재단 기부금 또한 상당 부분 사실로 드러났습니다.

병원이 제약 업체를 선정하면, 해당 제약 업체가 재단 측에 기부금을 내는 형식이었는데요. 재단은 이 기부금을 가지고 기숙사 신축을 하는 등 환자들의 복지와 전혀 관련 없는 곳으로 썼습니다.

↻

그날 9시 뉴스는 온통 한성대학병원 얘기로 도배되었다.

**공정거래
위원회**

한성병원이 응급실 파업을 예고하며 양측은 일촉즉발이었다.

그런 상황에서 병원의 치부를 언론에 발표한 건 공정위의 조사 의지를 보여 주는 것이다.

−제약 회사들이 해외 학회에 참석한 의사들의 비행기를 업그레이드해 준 것 또한 사실로 확인됐습니다.

−공정위는 메디신 제약의 회계 자료를 검토, 상당액이 백화점 상품권으로 긁었다는 것을 확인했습니다.

−공정위는 이와 같은 지능적 리베이트가 장기간 이어져 온 것으로 판단, 담당자를 모두 소환하겠다고 밝혔습니다.

공론화는 병원 측에서 먼저 시켰기에 대중의 관심은 더할 나위 없이 뜨거웠다.

다음 날 아침 신문에선 한성재단을 둘러싼 의혹들이 일파만파 커지기 시작했다.

[의약 업계 스캔들, 모두 사실?]
[공정위 유흥업소 직원의 증언까지 확보한 것으로 알려져]
[수상한 재단 기부금, 온통 제약 업체로부터 받은 돈]
[공정위, 병원 기부금을 학교 기숙사 신축 등에 쓴 정황 발표]
[최악의 스캔들, 환자들의 복리는 어디에?]

[제 밥그릇만 챙긴 의료계, 이대로 정말 응급실 파업 강행하나]

다음 날, 한성재단은 부랴부랴 언론 발표를 가졌다.

제약 회사들이 회식비를 계산한 건, 기업 간에 흔히 있는 접대 자리였을 뿐이라는 게 그들의 설명이었다.

—신약 성분이나, 새로운 의료 기기에 관해 설명을 듣기 위해 양 사가 자리를 가졌을 뿐입니다. 술자리는 업무의 연장으로……

이에 준철은 즉각 유흥업소에서 긁은 카드 내역을 공개해 버렸다.

그 접대비가 1년에 무려 10억을 넘는다.

게다가 이곳 유흥업소는 2차까지 나가는 술집. 웨이터 박찬호의 인터뷰가 익명 보도로 나갔고, 한성재단은 모든 언론 사와의 접촉을 끊었다.

상식적으로 봐도 말이 안 되는 얘기였다.

그렇게 당당한 술자리였으면 왜 술값이 김밥나라 2천, 보쌈집 3천씩으로 잡혔겠나.

[의사들의 문란한 밤, 과연 어디까지 접대?]

병원들의 리베이트 방식은 지능적이었다.

공정거래
위원회

법카를 긁으면 일반 음식점으로 잡혔다.

관련 당국의 추적이 시작되면 따돌리기 위해 포스기를 바꿔 놓은 것이다. 공정위는 수법과 행위 등을 고려했을 때 한두 번 있는 접대가 아닐 것이라 추측했다.

현재 공정위가 추산한 접대는 약 30억대지만 이 또한 겨우 3년치로 가정했을 때이다.

–와 진짜 믿을 놈이 없구나. 열악한 병원 환경이다 뭐다 할 땐 동정심이 들었는데, 아주 재밌게들 놀고 계셨네?

–ㅋㅋ의사들 아주 질펀하게 잘 놀았네.

–접대는 별개고 재단 기부금으로 제약 업체들 삥까지 뜯었어.ㅋㅋㅋ

–무슨 낯짝으로 응급실 파업 운운함? ——

–제약 회사 영업 사원들은 다 알지~ 의사들 얼마나 더럽게 노는지~

적나라한 르포기사가 나가자 민심은 180도 뒤집어졌다.

해당 술집은 이미 네티즌 사이에서 명성(?)이 자자한 곳이었다.

술집에서 어떻게 노는지, 얼마만큼의 돈이 나오지도 모두가 알고 있었다.

하지만 이런 것들이야 모두 그런 대로 넘어갈 수 있었다. 회사 생활하다 보면 상대 기업에게 접대 한번 받을 수 있지.

-개소리 말아라! 이건 접대가 아니라 청탁, 청탁!

-병원장 저거 완전 철면피네? 제약 회사가 왜 의사들한테 '접대'를 해? 정경 유착도 그럼 넓은 의미의 접대냐?

-그리고 환자들의 복리 증진에 쓰여야 할 '병원 기부금'이 왜 엉뚱한 곳에 쓰여?

-누가 그 돈 가지고 대학교 건물 지으래?——

-저 새끼들 저거 한두 번 아님ㅋㅋㅋ 옛날에도 병원 기부금으로 기숙사 신축하다 걸렸는데, 그때 뭐 의대생들 기숙사였다 뭐다 해서 그냥 넘어감.

-처죽일 놈의 교육부 새끼들. 그때 뿌리 뽑았으면 이 지경까지 안 왔겠지?

-ㅇㅇ 서로 다 한 다리 건너 아는 놈들이라 그때도 솜방망이 처벌로 넘어감.

-이런 일이 기업에서 벌어졌으면 재벌 총수도 구속감 아니냐?

-ㅇ.ㅇ 같은 재단 아래 있다고 해서 돈 함부로 못 씀. 부당 계열사 지원이고 이건 보통 총수도 구속됨.

"양측 모두 감정이 격해진 상태란 걸 알고 있습니다. 하지만 서로 합의점을 찾아야지 않겠습니까?"

여론 분위기가 험악해지자 보건부가 중재에 나섰다.

사실상 대한민국 의료계 원톱인 2차관이 나섰지만, 양측은 딱히 진정할 기미가 아니었다.

박성만 병원장과 준철은 서로를 노려보며 씩씩거렸다.

"두 분 모두 그만하세요."

옆에서 떠들거나 말거나 준철이 먼저 포문을 열었다.

"겨우 이겁니까? 한바탕 소란 피워 놓고 보건복지부의 중재. 이야- 이거 한두 번 해 본 솜씨가 아니네요."

"나야말로 공정위의 파렴치한 행동에 놀랐수다. 의사들이 제약 업체 직원한테 술 얻어먹는 게 대수야? 치사하게 배꼽 아래 문제까지 터트려?"

장관은 청와대에서 내려온 낙하산들이니 차관이야말로 업계 실세다.

보건부 2차관이면 병원에 징계를 내릴 수도 있고, 의사들의 면허까지 박탈할 수 있지만……. 두 사람에겐 이자가 눈에 보이지도 않았다.

"치졸한 짓 그만하쇼. 지금 공정위 때문에 의료 업계가 신음하고 있습니다."

"그거 혹시 다른 신음 소리 아닙니까?"

"뭐?"

"2차 나가는 유흥업소를 그렇게나 들락거렸으니 신음 소리가 끊이질 않았겠죠."

"이 새끼가 보자 보자 하니까! 나 이 얘기 더는 못 하겠습니다."

병원장은 자리를 박차고 일어났다.

"유흥업소? 그게 그렇게 문제면 다른 기업도 까 봐. 접대 자리에서 그 정도 일도 없나! 고작 그딴 문제로 언론에 개망신을 줘?"

"공론화시킨 건 한성대병원이잖아요."

"그럼 우리가 그때 한 말도 잊지 마쇼."

"응급실 파업요?"

"우리 병원이 적자 분과 유지하느라 얼마나 고생하는 줄 알아? 병원 기부금이 잘못됐으면 앞으로 안 받으리다. 대신 우리도 돈 되는 병만 고칠 거야!"

사뭇 다른 광경이었다.

보통 기업이라면 이쯤에서 항복 선언이 나오건만 이건 도리어 더 당당하다. 환자들의 생사여탈권을 쥐고 있다는 자신감이겠지?

차관이 소리쳤다.

"박 병원장 아무리 그래도 말씀은 가려 해야지. 응급실 닫으면 죄 없는 환자들에게만 피해가 간다고."

"그 얘긴 저쪽한테 하십쇼. 보험사 제보로 시작해서 우릴 죽이려 드는데 우리가 어떻게 가만있어요?"

"……이 과장님, 이 말도 일리는 있습니다. 일단 보험사 제보로 시작한 건 사실이니."

준철도 덩달아 자리에서 일어났다.

"지금 출처가 어디였는지가 중요합니까? 그 내용 모두 사실이었는데."

"아직 법적으로 사실이란 건 안 밝혀지지 않았나?"

"무슨 말이죠?"

"이미 제약 회사가 자살 폭탄 눌렀을 텐데."

젠장. 확실히 능구렁이 맞구나.

사실 여론의 집중 포화와 달리, 조사는 굉장한 난항을 겪고 있었다.

술집에서 긁은 카드 내역, 백화점 상품권 모두 메디신 제약에서 자사 직원들이 한 일이라고 변명했기 때문이다.

놈들 입장에선 큰손을 날릴 것 같으니 최대한 뒤집어쓰는 것이다.

"이거 법원 가면 어떻게 될 것 같아?"

놈은 당당했다.

"제약 회사 영업직들이 자폭하면 우리한테 결국 혐의 못 걸어."

"놀랍네요. 한두 번이 아니셨나 봐."

"그걸 다 아니까 지금까지 공정위 모두 넘어갔던 거야. 어디 하룻강아지 새끼가 범 무서운 줄 모르고 있어?"

아마 준철 말고 다른 조사관들도 이 사건을 조사했던 모양이다.

여러 현실적인 이유가 겹쳐 아무도 끝장내지 못했지만.

병원장은 득의양양 웃었다.

"좋게 말할 때 그만하쇼. 아니면 우리 병원들이 제약 회사 기부금 안 받아도 될 만큼 의료수가 팍팍 올려 주시든가."

차관이 쩔쩔맸다.

의료수가 인상은 절대 안 될 말이다. 하지만 그는 응급실 파업도 무조건 막아야 했다. 이 사태가 제2의 의약 분업 파업이 되진 않을까, 정치권 모두 촉각을 곤두세우는 중이다.

"이 과장님, 심정은 알지만 이 말도 일리는 있습니다. 이건 제도적 개선이 필요한 문제예요. 우리 톤을 낮추고 차차 실마리를⋯⋯."

"응급실 파업하면 재미없을 겁니다."

"뭐?"

"만약 사람이 한 명이라도 죽으면, 내가 책임지고 당신들 면허 박탈시켜 드리죠."

"어디 하룻강아지 새끼가! 우리들 면허가 그렇게 쉽게 박탈되는 줄 알아?"

"그 안 되는 걸 제가 해 드릴 겁니다."

준철은 뒤돌아섰다.

"제약 회사 영업직들의 증언은 곧 나올 겁니다. 다시 말하지만 응급실 닫으면 진짜 큰일 날 겁니다."

차관과 병원장만 남은 회의실은 싸늘해졌다.

차관은 슬쩍 병원장의 얼굴을 살폈다.

위압감 때문일까? 병원장은 노기 어린 얼굴을 하고 있었지만, 두려움도 감추지 못하고 있었다. 저 젊은 놈 분위기에 완전히 압도된 것 같다.

◈

"김 대리, 얘기 들었어? 공정위가 완전 돌았대."

"진짜 다 미친 듯이 돌아다니는 것 같은데."

메디신 제약 업체 영업사원들은 요즘 일할 맛이 나지 않았다.

공정위가 조사를 시작하면서 회사 분위기는 연일 초상집이었다.

"이거 자칫하다간 우리도 잡혀 들어가는 거 아니야?"

질 끝판왕 사망

한명그룹
김성균 본부

약점 공략

"막말로 우린 법카 긁으러 다닌 당사자들이잖아."

"공정위가 저리 지독하게 조사하는데 우린 봐주겠냐고."

괜한 걱정이 아니다.

실제로 많은 제약 업체들이 리베이트가 걸리면 영업 사원을 손절한다. 회사에선 몰랐던 일이며 개인 차원에서 벌어진 일이었다고.

과연 우리 회사는 다를까?

"명신제약 박 차장 알지? 그 양반은 대리 수술 하다 적발됐는데도 회사에서 꼬리 잘랐어. 고객들한테 민사 당하고, 형사 처벌까지 당했는데 다 모른 척했다고."

애석하게도 회사를 믿는 사람은 거의 없었다.

적당한 기회에 두둑한 퇴직금을 보장하며 자살 폭탄 스위치를 눌러 달라 부탁할 것이다.

"젠장. 왜 하필 내가 한성대병원 맡아 가지고."

"우리…… 그냥 확 불어 버릴까? 이 나이에 전과자 되면 처자식은 누가 먹여 살려?"

"그래도 그건 신중하게 생각하자. 만약 자백하면 내부 고발자야. 이 업계에서 영영 매장될 텐데 자신 있어?"

"그건 그래. 솔직히 한 놈이 불면 다 끝나는 거야. 회사는 등지더라도 업계 동료를 팔아먹으면 안 되지."

"보건복지부에서 중재 들어갔다잖아. 일단 반응 좀 지켜보자."

이러나저러나 이들은 회사에 밥줄을 저당 잡힌 사람들.

함께 고생한 동료들을 생각해서라도 버텨 보자는 의견이 대세였다.

그렇게 담배를 피우고 복귀하는데, 영업부장이 헐레벌떡 달려왔다.

"김 대리, 박 대리, 송 사원, 지금 당장 내 방으로 와 봐."

"부장님? 무슨 일입니까?"

"지금 공정위에서 한성대병원 맡은 담당자들 전부 소환했다."

"예?"

"증언을 확보한대. 지금부터 진짜 말조심해야 하는 거 알

공정거래
위원회

지?"

"……."

"잠깐 내 방으로 와 봐. 긴히 할 얘기가 있다."

실적 안 나오면 개망신 주기 바빴던 영업부장이 오늘 따라 친절하다.

무슨 말이 나올지 대강 예상이 간다.

❦

"방해하시면 공무집행방해입니다."

준철은 공무원증을 프리패스 카드처럼 들이밀었다. 앞길을 막던 직원들이 좌우로 갈라지며 길이 트였다.

조사단은 홍해처럼 갈라진 길을 헤치며 대표실로 향했다.

"피차 바쁘니 긴 설명 안 드리겠습니다. 저희가 요청하는 자료 및 영업 사원들을 불러 주세요."

"대체 이런 경우가 어디 있습니까!"

김성득 대표는 바로 발끈했다.

"공정위가 왜 중소 제약 업체를 털어요!"

글쎄올시다. 중소라고 하기엔 규모가 제법 되지 않나?

"리베이트를 했으니까요."

"거짓말 작작하쇼. 한성대병원과 얘기가 안 풀리는 모양이지? 그쪽은 상대하기 버겁고 우린 만만하니 우릴 치겠다는 거잖아."

확실히 CEO는 다르다.

증인 확보라는 명분으로 여길 치긴 했지만, 솔직히 만만해서 치는 감도 있었다.

대학병원이 응급실 닫아 버리겠다 협박하는데, 그걸 어떻게 쑤실 수 있겠나. 약한 부분부터 공략해야지.

"대화가 제법 통하시는군요."

준철은 희미하게 웃었다.

"그럼 길게 끌지 맙시다. 모든 죄 시인하고 저희 조사에 협조하세요."

"이 사람이 보자 보자 하니까. 당신 뭐 공안 검사야? 없는 죄를 왜 자백하래."

"잘나가다 왜 이러실까."

"우린 리베이트한 적 없어. 자백 못 해!"

성질이 뻗쳤지만 한편으론 딱한 마음도 들었다.

메디신 제약이 한성대병원에 납품하는 액수는 700억대. 매출의 절반 이상을 책임지는 최대 바이어다.

병원에서 살인 사건이 났다고 한들 대신 뒤집어써 주고 싶은 마음일 것이다.

"정말 죄가 없어요?"

준철은 은근하게 압박했다.

"그럼 여기에 대해선 어떻게 설명하실래요?"

준철이 내민 자료는 메디신 제약이 백화점 상품권을 결제한 내역과 비행기 업그레이드, 법카 사용 내역이었다.

"뭐 법카 로비 하나만 하다 걸렸으면 접대로 대충 넘어갈 수 있겠습니다만. 비행기 업그레이드, 해외 세미나 지원 등 다양한 루트로 걸리셨던데요?"

"……."

"유흥업소 결제 내역은 그냥 쐐기를 박은 겁니다. 이젠 못 빠져나가요."

"그건 우리가 간 거요. 강남 유흥업소 드나든 건 나라고! 내가 임원들 데리고 여기 가서 미친 듯이 카드 긁고 다녔어요."

준철은 눈썹을 치켜떴다.

"그러니까 이게 뭐 횡령이나 탈세에 걸리면 딴 놈 말고 날 잡아가쇼."

"자꾸 이러실 겁니까."

"죄를 자백하시라매? 내가 했다니까. 나 잡아가쇼."

준철은 끙— 앓았다.

희번덕 뒤집어진 놈의 눈이 말해 준다. 이 폭탄을 떠안고 자살하는 한이 있더라도 한성대병원을 보호할 것이라는.

"그럼 백화점 상품권은요."

"직원들 명절 상여금 대려고 긁었습니다."

"여기서 일하는 직원들 겨우 100명도 안 됩니다. 무슨 명절 상여금을 1천만 원씩 주셨습니까?"

"예— 한 50만 원씩 주고 차액은 다 내 뒷주머니로 챙겼습니다. 횡령해서 미안합니다."

"비행기 좌석 업그레이드는요?"

"병원에서 하지 말라고 뜯어말렸는데, 그래도 영 아닌 것 같아 내가 몰래 업그레이드시켰습니다. 의사님들 다 억지로 타고 간 비행기니 날 처벌하쇼."

딱한 인간 같으니.

병원에서 수술 사고 나도 대신 뒤집어써 줄 기세다.

"이러면 형량이 한 20년은 나올 텐데 정말 괜찮으시겠어요?"

"20년이든 200년이든 당신들한테 할 말 없습니다."

"협조 안 하시면 후회할 겁니다."

"마음대로 해."

준철은 고개를 저었다. 그리곤 서 팀장에게 말했다.

"서 팀장, 지금 한성대병원 상대했던 영업 사원들 모두 다 소환해."

"예. 알겠습니다."

"뭐, 뭐야! 내가 했다니까! 날 잡아가."

"대표님, 직원들의 충성심을 믿습니까?"

"……뭐?"

"방금한 진술. 영업 사원들도 똑같이 말해야 돼요. 믿습니까?"

현 상황을 다 횡령이었다고 주장하는 건 한계가 있다.

직원들에게도 같은 진술이 일관되게 나와야 한다. 근데 과연 직원들도 같은 마음일까?

"뭐 대표님이야 형량 20년, 200년도 안 무섭다지만 그 사람들은 달라요. 실형 2년 정도만 돼도 없는 죄까지 자백할 텐데."

"이봐, 왜 엄한 직원들을 소환해! 소환할 거면 우리 임원들을 해!"

"실무선을 만나야죠."

준철은 고개를 돌렸다.

"서 팀장, 빨리 내려가서 한성대병원 담당 사원들 전부 신변 확보해."

❧

공정위 사무실.

영업 사원 한석호는 긴장한 얼굴로 조사관을 기다렸다.

처음 와 보는 공정위 사무실은 낯선 곳이었다. 여의도 노른자 땅에 떡하니 있는 빌딩, 그리고 태극 마크. 평범한 영업 사원인 그에겐 모두 위압감 넘치는 곳이다.

─절대 아무 말도 하지 마! 보건복지부에서 중재 들어갔다

니까 시간만 끌면 돼!

이곳으로 끌려오기 전 부장님이 강조한 말이다.

하지만 그게 사실일까?

그는 평사원이었지만 영업 사원답게 눈치가 기민한 편이었다. 한성대병원은 응급실 파업을 예고했고, 공정위는 룸사롱을 털어 그들의 치부를 들춰냈다.

양측은 이미 돌아올 수 없는 강을 건넌 상태. 절대로 보건부의 중재로 끝날 문제가 아니다.

자칫하면 다음 소환은 공정위 사무실이 아닌 검찰 취조실이 될 터였다.

'내가 왜 이래야 돼!'

그는 단전에서 울분이 끓어올랐다.

회사를 위해서? 동료들을 위해서? 여기까진 백번 이해할 수 있다. 적어도 회사는 월급을 주는 존재며, 동료들은 동고동락한 사람들이다.

하지만 참을 수 없는 한 가지.

'의사 그 새끼들 위해서 위증하라고?'

지난 5년은 그에게 악몽과도 같은 시간이었다.

한석호가 맡은 의사들은 전임의들로 교수 진급을 코앞에 둔 중위직이었다. 하지만 놈들에게선 직위에 맞는 품위는 결코 찾아볼 수 없었다.

공정거래
위원회

새벽에 불려 나가 유흥업소에서 카드를 긁어야 했으며, 돌아오는 길엔 반드시 대리운전까지 도맡아야 했다.

의사들이 해외 학회에 나가면 졸졸 따라가서 수중을 들어야 했고, 비행기를 업그레이드시켜야 했다.

서류 복사나 잔심부름은 당연히 영업 사원의 몫이다.

지난 5년은 영업 사원이 아닌 머슴살이였다 해도 과언이 아니었다.

하지만 이렇게 충성한 대가가 무엇이었나?

-야 이 새끼야. 한도 천만 원짜리 법카를 가져오면 어떡해? 여기 업소 기본 주대가 2천인 거 몰라?

-한 대리는 다 좋은데 영 사람을 못 챙긴다. 다른 제약사는 명절마다 담당의한테 한우 돌린다더만. 난 어째 닭고기도 못 받아 보누.

-아이참, 이러면 엎드려 절 받기지. 내가 꼭 한우가 먹고 싶어서 이런 게 아니라, 사람이 정이라는 게 있잖아. 정이.

돌아오는 건 술 취한 의사들의 손찌검과 인격 모독.

고맙다는 인사는커녕 모멸감에 가까운 말을 듣기 일쑤였다.

그래도 꾹 참았다. 동료들과 술잔을 기울이며 스트레스를 풀었고, 더 나은 내일을 기약했다.

하지만 직급이 오르고, 교수 의사들까지 상대해 봤지만 나아지는 건 없었다. 오히려 병원은 직급이 올라갈수록 망나니들만 늘었다.

'내가 왜 그놈들을 위해 위증해야 돼!'

그리 생각할 때, 바깥에서 한 사내가 들어왔다.

"반갑습니다, 한석호 씨. 이준철 과장이에요."

악수를 청했는데 그는 눈길 한번 주지 않고 시선을 외면했다.

하지만 준철은 직감적으로 알 수 있었다. 이건 무시에서 나오는 행동이 아니라 두려움에서 나오는 외면이라는 것을.

"이런 자리 처음이시죠?"

"……."

"어렵게 시간 내주셔서 감사합니다. 이런 말 뭣하지만 저희도 사실 영업 사원분들까지 조사하고 싶진 않았는데 양쪽에서 다 완강하게 혐의를 부인하고 있으니."

"……저 얼마나 있어야 돼요?"

"진실만 말해 주시면 5분 안에도 끝날 수 있죠."

"……전 진짜 아무것도 모릅니다. 그냥 영업 사원일 뿐이에요."

만약 일반 기업 사람이었다면 책상을 치며 험한 말을 했을 것이다.

하지만 지금은 이들의 협조가 필요할 때다. 준철은 조용한 말투로 한 서류를 건넸다.

"그럼 아는 것만 대답해 주세요."

"……"

"이건 지난 4년 동안 메디신에서 결재한 백화점 상품권입니다. 저흰 당연히 이 돈이 병원장급 등에 떡값으로 쓰였다 보거든요?"

한석호는 무너진 얼굴을 황급히 감췄다.

"근데 김성득 대표는 이상한 변명을 하더군요. 이건 다 직원들 명절 상여금으로 줬답니다. 근데 김 대표 말대로 이걸 계산하면 명절 상여가 1천만 원씩 들어가야 하거든요?"

김성득 대표가 왜 무리수를 던졌을까?

"종국엔 자기가 횡령했다고 우겨 대더군요."

"회, 횡령한 돈이라고요?"

"네. 이건 한성대병원 대신 자기가 방탄조끼가 되겠다는 겁니다. 소위 말하는 총알받이죠."

"……"

"한석호 씨, 이런 대표 정말 믿을 수 있습니까? 원청 방어하기 위해서 모든 혐의를 다 뒤집어쓰는 대표를?"

한석호는 손이 떨렸다. 극진하게 병원들을 위하는 대표님이란 건 알았지만, 이건 경우를 넘어도 한참 넘었다.

"이런 사람들은 직원들 물건짝 취급해요. 그다음 타자는 영업 사원이 될 겁니다."

"저희가 무슨……."

"조사 계속되면 넌지시 제안할걸요. 그 법카 네들끼리 유흥업소 간 걸로 하자. 대신 퇴직금 두둑하게 줄게."

한마디도 할 수 없었다.

김 대표라면 충분히 그럴 수도 있는 인간이었으니까.

"그 꼴 보기 싫으시면 지금이라도 저희 조사에 협조해 주세요."

"……."

"자칫하면 한석호 씨도 위증으로 처벌될 겁니다."

준비한 말을 끝내며 슬쩍 그의 얼굴을 훑었다.

좋은 예감이 든다.

한석호는 이미 새파랗게 얼굴이 질려 버렸다.

※

"과장님 진술 나왔습니다! 모두 다 시인했어요."

한 시간 뒤.

후속 취조를 맡은 두 팀장이 과장실로 뛰어왔다. 준철도 심란한 마음으로 결과를 기다리던 터였기에 얼굴이 바로 상기됐다.

"범행 다 시인했다고?"

"예. 관련 증거 자료 모두 다 제출하겠답니다. 그리고 장부 엔 나와 있지 않은, 개인 돈으로 의사들에게 건넨 로비 자금 도 실토했습니다."

한석호는 공정위의 압박에 당해 낼 수 없었다.

그는 지금 공정위가 파악한 혐의 모두를 인정해 버렸고, 파악하지 못한 부분도 줄줄이 실토해 버렸다.

취조 기록을 살피던 준철은 흠칫 놀랐다.

"서 팀장, 진짜로 이런 내용까지 진술해 버렸어?"

"네. 저희가 묻지도 않은 부분인데 다 이실직고해 버리더 군요."

"도대체 왜?"

이미 다 끝난 싸움이란 걸 깨달아서? 아니면 정상참작을 바라고?

"당한 게 많아서랍니다. 그간 담당의들 수발들면서 엄청나 게 모욕을 많이 당했나 봐요."

"뭐?"

"새벽에 술값 긁으러 오라고 연락 오고, 한도 낮은 카드 가 져가면 따귀 맞고, 그런 병원장들 대리기사 노릇까지 하고."

조금 황당하지만 어찌 보면 가장 합당한 이유였다.

찢어 죽여도 시원찮을 놈들 변호하라니 울화통이 치밀었 겠지. 공정위가 파악 못 한 리베이트까지 술술 자백한 걸 보니 원한이 대단했나 보다.

사정이야 어찌 됐건 공정위에겐 환영할 만한 일이다. 준철은 추가된 범행을 읽어 내려가며 자료를 규합했다.

"법원에 제출하기 전에 마지막으로 얘기 정리해 보자. 서팀장."

"예. 의사들 회식할 때마다 불려 가서 법카 긁은 거 확인됐고요, 해외 학회 참석에 비행기 업그레이드해 준 내역, 영업 사원들에게 떡값을 요구한 내역 모두 확인했습니다."

"배 팀장."

"예. 백화점 상품권도 확인됐습니다. 메디신 임원들이 때마다 병원장 및 간부들을 만나 건넨 것 같다더군요."

"횡령이 아니라 로비로 쓰인 거 맞지?"

"네. 자신이 직접 돈을 전달한 적도 있었다고 합니다."

배 팀장은 빽빽하게 채워진 서류를 내밀었다.

조사 이후 최고의 성과다. 유흥업소를 털어서 의사들이 모임을 가졌단 정황도 확보했고, 이 회식 자리에 메디신 법카가 긁혔다는 것 또한 확보되었다.

"일단 기소 칠까요, 영장도 바로 나올 것 같은데."

"아니면 언론사에 또 흘릴까요? 이 자식들은 망신 좀 더 당해 봐야 돼요."

모처럼 조사가 뻥 뚫리자 두 사람은 흥분을 감추지 못했다.

공정거래
위원회

하지만 준철이 고개를 저었다.

"일단 증언 확보 좀 더 하자."

"예? 이미 한석호 씨 증언 나왔는데요?"

"한 사람은 부족해. 만약 한석호가 법정에서 진술 번복해 버리면?"

증인이 법정에서 말 바꾸는 건 무척 흔한 일이다. 수사기 관들이 가장 두려워하는 일이기도 하다.

주요 증인의 진술 번복!

"아…… 그럴 수도 있군요."

"그럼 저희는 뭘 해야 됩니까?"

경험이 많지 않은 두 팀장은 한 가지 더 배웠다.

"한 사람 증언 나왔으니까 영업 사원들 소환해서 재취조 해. 참고로 증인과 증거는 무조건 많을수록 좋다."

"알겠습니다."

๛

"김성구 씨, 이미 관련 증거가 싹 다 나왔습니다. 이 상태 에서 계속 거짓말하면 어떻게 되는지 아시죠?"

"의사들이 법카 회식을 거하게 여셨던데 왜 자꾸 아니라고 하는 겁니까?"

"손바닥으로 하늘 가리기예요. 술값 3천만 원을 영업 사원이 긁었다니. 회사 위한답시고 계속 위증했다간 본인도 감당 못 할 처벌이 내려질 겁니다."

서도윤과 배명철의 집요한 취조에 영업 사원들이 한둘 무너지기 시작했다.

공정위는 어떻게 입수했는지 이미 문자, 통화 기록까지 확보하고 있었다.

이건 자신들 중 누군가가 무너졌다는 얘기. 영업 사원들은 이내 전의를 상실하고 나가떨어지기 시작했다. 이들은 정상 참작을 대가로 법정 증언도 약속해 주었다.

"뭐? 갑자기 사원·대리들이 사표를 썼다고?"

심상치 않은 상황은 곧 김성득 대표 귀로 들어갔다.

"예. 공정위 소환 조사를 당한 사원들이 무더기로 사표를 제출했습니다."

"이유가 뭐야. 수사 때문에 피로해서 그래? 곧 끝날 일이잖아."

"……."

"내가 사비로 인센티브 챙겨 줄게. 정 부장이 그 친구들 좀 붙잡아 봐."

김 대표는 아직 돈으로 상황을 막을 수 있다고 믿는 듯 보였다.

영업부장은 굳은 얼굴로 고개를 저었다.

"대표님, 아무래도 저희 사원들이 진술한 것 같습니다. 홍 대리 말론 이미 공정위가 통화 목록과, 이메일 내역까지 확보했다더군요. 이건 저희 직원들 협조 없이는 확보 못 하는 증거들입니다."

"……."

"곧 있으면 기소도 들어갈 것 같습니다."

김성득 대표는 휘청거렸다.

믿었던 자사 직원들까지 자신에게 등을 돌리다니. 모든 증거가 확보됐다면 공정위는 곧 기소에 들어갈 것이고, 영장도 칠 것이다.

구속영장의 1번 타자는 누가 뭐라 해도 대표인 자신.

더 이상 발뺌해 봤자 법정에서 위증으로 형량만 추가될 뿐이다.

-아, 왜 이러세요. 지난번에 오셨잖아요.

-저희 회사가 무슨 공정위 안방입니까? 이렇게 예고도 없이 오는 경우가 어디 있습니까.

그때 바깥에서 소란 소리가 들리며 대표실 문이 벌컥 열렸다.

"마침 계셨네요."

준철은 친근한 얼굴로 김 대표에게 인사했다.

김 대표는 예전처럼 표독스럽게 준철을 대하지 못했다.

"······뭡니까?"

"마침 얘기 좀 나누고 싶은데 합석해도 될까요?"

김 대표가 눈짓을 보내자 육탄방어전을 펼쳤던 직원들이 순순히 물러났다.

임원들도 덩달아 일어날 때, 준철이 말했다.

"아, 임원분들은 여기 계시는 게 좋겠습니다. 지금 사내 임원이 병원장에게 법카 로비를 했단 진술까지 나온 터라."

"예?"

임원들은 엉거주춤한 자세로 굳어 버렸다.

자사 직원들이 실명까지 언급하며 리베이트 구조를 다 실토했단 말인가? 그렇다면 이 자리에 있는 모든 이들이 다 영장감일 텐데?

"······하고 싶은 말이 뭡니까. 저희를 기소하시겠단 건가요?"

"······제약 업계에선 빈번하게 있었던 일입니다. 우린 단지 액수가 컸을 뿐이에요."

"······진짜 깡그리 다 잡아다 구속시켜야 맘이 편하시겠습니까."

준철은 고개를 저었다.

"그게 아니라 오늘은 구명보트 드리러 왔습니다."

"예?"

"메디신 제약이 한성대병원에 리베이트한 금액이 연 60억대. 대부분 재단 기부금을 통한 납품 따내기였죠? 그리고 법카 로비도 벌였고."

김 대표는 구태여 부정하지 않았다.

이미 대세는 기울었으니.

"근데 한성대병원 재단 기부금을 뜯어 보면 이와 같은 내역이 한둘 아니더군요."

"무슨 말씀인지……."

"일단 혐의 인정하시고, 알고 있는 사실에 대해 모두 말씀해 주세요. 한성대병원이 메디신한테만 로비를 받지 않았을 거 아닙니까. 아는 얘긴 모두 다 해 주세요."

ↄ

임원들을 모두 물리친 후.

준철은 김성득 대표와 독대했다.

김 대표는 긴 한숨을 내쉬며 서류를 응시했다. 공정위는 지금 정상참작을 미끼로 자신에게 진실을 요구하고 있었다. 자신이 얼마나 협조하느냐에 따라 임원들의 생사가 결정될 것이다.

준철은 착잡한 그의 얼굴을 보며 말했다.

"납품 업체 입장에서 원청 고발하는 게 얼마나 힘든지 압니다."

"……예."

"근데 김 대표님, 잘못된 건 바로잡아야지 않겠어요?"

김 대표는 긴 한숨을 내쉬더니 말했다.

"정말 저희 임원들에 대한 책임은 묻지 않으실 겁니까?"

"네."

"거기엔 혹시……."

"대표님도 당연히 포함이죠. 만약 얘기가 정리되면 저흰 이걸 리베이트가 아닌 갑질 사건으로 기소할 겁니다."

리베이트는 자신들이 공범이 되지만, 갑질 사건은 자신들이 피해자가 될 수도 있다.

김 대표는 더는 주저하지 않고 결심을 굳혔다.

"……예. 했습니다. 공정위가 파악한 대로 저흰 리베이트를 한 대가로 납품을 따냈습니다."

그리 말하며 그는 비밀 장부를 꺼내 들었다.

이에 서 팀장의 손이 바빠졌다. 드디어 나왔다. 납품 업체 대표의 자백이.

"저희가 파악한 액수는 총액이 맞습니까?"

"그게……."

"어차피 전말은 다 밝혀졌습니다. 도우시려면 제대로 도우시는 게 좋을 겁니다."

"……한성재단 기부금으로 10억 정도 더 입금했습니다."

"차명 기부였습니까?"

그는 조심히 끄덕였다.

준철은 내심 놀랐다. 한성재단에서 뜯어 간 기부금은 연 60억대가 넘는다. 근데 차명으로 10억의 기부금을 또 뜯어냈다니.

"업계에서 아주 비일비재했나 봅니다?"

"그렇습니다."

"알고 계신 게 있다면 모두 말씀해 주세요."

이제 진짜로 중요한 것은 과연 이게 얼마나 큰 리베이트였느냐 하는 것.

한성대병원에 의약품을 납품하는 제약 업체는 수십 곳을 넘는다. 설마, 이 의약품을 모두 리베이트 대가로 돌렸을까?

"아마 기부금을 안 낸 제약 업체는 없을 겁니다. 납품 규모에 따라 기부금 액수가 차이 날 수 있지만, 일단 납품을 하면 무조건 기부금은 내야 합니다."

"예외가 없다는 뜻이군요."

그가 착잡하게 끄덕였다.

"시중에서 파는 감기약 효능이 차이가 나 봐야 얼마나 나겠습니까? 특허 걸린 약품 아니면 대부분 다 효능이나 가격이 거기서 거기죠. 의약품 심의에서 가장 큰 기준점은 재단에 얼마의 기부금을 내느냐입니다."

"그 돈. 재단에서 요구한 흔적이 있습니까?"

"그건 없습니다……. 재단에서 돈 달라는 말 나올 때까지 안 내는 제약 업체는 없거든요. 알아서 기었어야지."

바이어 입에서 아쉬운 소리 나올 때까지 기다리는 제약 업체가 어디 있겠나.

"뭐 증거까진 괜찮습니다. 대신 김 대표님께서 직접 증언을 해 주셔야겠는데요."

그가 급당황했다.

"예? 제가 직접요?"

"네. 저희가 법정에서 증인 신청할 겁니다. 거기서 증언을 해 주셔야겠어요."

"그건……. 어떻게 좀 막아 주실 수 없습니까."

그가 울상을 지었다.

조사에 못 이겨 죄를 시인하는 것하고, 법정에서 그들의 비리를 고발하는 것은 천지 차이.

"아시다시피 저흰 한성대병원에 거의 종속되어 있습니다. 저흰 정말 그대로 끝입니다."

준철은 고개를 저었다.

"걱정 마세요. 화살은 저희가 돌려드릴 테니."

"예?"

"리베이트에 가담한 전 제약사들 대표들이 다 증언대에 설 겁니다. 그럼 메디신 혼자 미운털 박힐 일은 없겠죠? 불이익은 없을 겁니다."

김 대표는 식은땀이 흘렀다.

정말로 모든 제약사들이 이번 일에 증언을 할까? 이건 납품 업체를 모두 설득해 원청을 고발하는 것과 마찬가진데.

절대 불가능할 것 같단 생각이 들었지만, 이 젊은 과장이라면 할 수도 있겠단 생각이 들었다.

질 끝판왕 사망

한명그룹
김성균 본부

최후통첩

한성대병원에 납품하는 제약 업체는 총 48곳.

감기약부터 암 치료제까지 모두 의약품 심의 기구를 거쳐 단독 납품권을 보장받는다. 여느 입찰 심사였다면 약효와 가격이 주요 쟁점이 됐겠지만, 의약품 심사는 달랐다. 의약품의 효능은 대동소이했고, 가격은 모두가 다 1원 입찰로 응모했으니 말이다.

그렇다면 무엇이 납품 당락을 갈랐을까?

김성득 대표의 진술에 의하면 재단 기부금이 가장 결정적 요인이었다. 제약 회사들이 낸 기부금에 따라 해당사의 납품 규모가 정해진 것이다.

이 밖에도 해외에서 큰 학회가 열리거나 명절이 되면 알아서 병원장들의 비위를 맞춰야 했고, 이는 곧 법카 로비로까지 이어졌다.

"하……."

"허……."

한자리에 모인 탑10 제약 회사들은 땅만 바라봤다.

업계가 요즘 어떻게 돌아가는지 누구보다 잘 알고 있었다.

공정위는 한성대의 약점을 잡기 위해 메디신제약을 치지 않았나. 모두들 김성득 대표가 혼자 폭탄을 떠안고 죽을 것이라 생각했건만, 이렇게 한자리에 집합 당한 걸 보니 버티지 못한 것 같았다.

냉기가 감돌 때 한 사내가 작은 소리로 말문을 열었다.

"공정위가 우릴 왜 불렀을까요."

"아무래도 메디신제약이 무너진 것 같소."

얼굴이 어두워지는 이들이다.

메디신제약에 비해 액수만 적었지 다들 비슷하게 한성대병원의 밑을 닦았던 회사들이다.

"설마, 이번 조사가 확대되는 건가?"

"……그게 아니면 우릴 한자리에 집합시킬 이유가 없지."

"아, 이건 아니지. 세상에 그 정도 접대도 안 하고 사는 기업이 어디 있다고."

"아무렴 국내 3차 병원 싹 다 조사해 봐. 안 걸리는 놈이 없을 거라고."

공정거래
위원회

죄는 지었지만 당당한 이들이었다.

제약 업계의 리베이트는 관행이 아니라 전통이다.

한국 의료계 발전을 위해 병원 '기부금'을 낸 것이 어떻게 악습이란 말인가? 물론 대가성이긴 했지만 아무튼 기부금은 기부금이다.

"됐어. 우리 사서 걱정하지 맙시다. 순수한 의도로 낸 기부금까지 건들면 공정위 역풍이라고."

"최 원장님 말이 맞아요. 이걸 법리적으로 대가성인지 아닌지 밝히는 건 아무도 못 해."

"근데 우리 중에 자백이 나와 버리면……."

"아, 그러니까 절대 자백하면 안 되지! 다들 각오 단단히 합시다. 이러나저러나 우리 원청은 한성대병원이에요."

"그래요. 우린 운명의 공동체예요.

모두들 비장한 표정으로 도원결의를 맺을 때, 문이 열리며 젊은 사내가 들어왔다.

"안녕하세요. 이준철 과장입니다."

이들은 떨떠름한 얼굴로 준철을 훑었다.

"먼저 모인 이유는 잘 아실 거라 봅니다. 한성재단 기부금 내역을 살펴봤는데, 여기 계신 업체가 톱10으로 기부금을 냈더군요."

여기저기서 헛기침이 쏟아져 나왔다.

준철은 현 조사 상황과, 얼마만큼의 증언을 확보했는지 세세하게 설명했다.

"이제 진실을 좀 들어 볼까요?"

"과장님, 죄송하지만 무슨 말인지 도통 못 알아듣겠습니다. 메디신제약이 그랬다는 것과 저희가 무슨 상관인지……."

"어쩐지 메디신제약이 알짜배기 약품만 골라 따낸다 싶었습니다. 덕분에 다음 입찰은 좀 공정해질 것 같군요."

영업직 임원들이라 그런지 넉살들이 좋다. 이 와중에도 딴청을 피울 줄이야.

아무래도 직설적으로 말을 해야 알아듣는 부류들인 것 같다.

"여러분들도 대가를 받고 리베이트를 하셨죠?"

"무슨 말인지 모르겠는데……."

"부정하시면 회계 자료 다 뒤져 봐도 되겠습니까?"

더 이상 볼멘소리가 나오지 않았다.

메디신제약이 고강도 압수수색을 당했다는 건 업계에서 파다한 일이었다. 과연 자신들은 같은 조사를 견딜 수 있을까?

"……."

아무도 자신할 수 없었다.

"참고로 말씀드리면, 저희는 이 썩은 관행을 뿌리 뽑고 싶습니다."

준철이 힘주어 강조하자 그들이 되물었다.

"그게 정확히 무슨 말씀인지."

"공정한 약품 심사인 척하면서 뒤로는 기부금을 강요하는 썩은 관행요. 한성대병원이 이러한 것을 강요했다면 모두 말씀해 주십쇼."

그래도 말이 안 나오자 준철이 직접 한 사내를 지목했다.

"동우제약 최 사장님."

"……예?"

"메디신제약 다음으로 기부금을 상납하셨더군요. 납품하는 의약품이 총 12개. 뒤에서 무슨 리베이트를 했습니까."

"……."

"말씀 안 하실 거면 그만 일어나셔도 좋습니다. 단 뒷일은 책임 못 집니다."

"……!"

최 사장은 애써 준철의 시선을 외면하려 했지만 빠져나갈 도리가 없었다.

메디신제약과 같은 고강도 조사가 뒤따르면 필시 동우제약도 풍비박살 날 터였다.

"……예. 있었습니다."

"구체적으로 말씀해 주세요."

"저희의 경우 리베이트 요구가 더 노골적이었습니다. 주로 물리치료 약 제품을 납품했는데, 여긴 비급여 약품이 많아서……. 거의 달라는 돈 다 줬습니다."

"관련 자료를 제출해 주실 수 있습니까."

"……통화 기록과 메일 자료가 있습니다."

"감사합니다. 다음으로 KP제약은 리베이트 요구를 받은 적 있습니까?"

준철의 날선 질문은 납품 3위, 4위 업체 순으로 내려갔다.

자백하는 분위기는 금세 전염되어서 이들의 실토가 잇따랐다.

"해외 학회에 지원을 요구했습니다."

"외국 저명한 교수를 초빙할 때, 저희가 숙소와 비행기 티켓값을 댔습니다."

"기부금 모두 엉뚱한 곳에 쓰인다는 걸 알았지만 저희로선 어쩔 수 없었습니다."

"돈은 둘째 치고, 의사들의 행패가 갈수록 심해져 영업사원들의 퇴직률이 압도적으로 높았습니다. 특히 홍선명 교수 같은 경우엔……."

현금을 요구하는 교수들.

접대를 요구하는 교수들.

병원들이 원하는 접대 방식은 가지각색이었다.

이들의 진술이 계속될수록 서 팀장과 배 팀장의 손놀림이 빨라졌다. 납품 톱10이 순식간에 무너졌다.

이 정도 증거를 가져가면 천하의 한성대 병원도 버텨 낼 재간이 없을 것이다.

준철은 이들의 증언이 끝날 때까지 기다리다 마지막에 물

공정거래
위원회

었다.

"좋습니다. 그럼 이제 마지막 질문인데요. 해당 리베이트 요구가 타 대학 병원에서도 있었습니까?"

🌀

[드러난 민낯, 공정위 모든 사실 공개]
[한성재단에 들어온 수상한 기부금, 제약 회사들 모두 실토]
[납품 대가로 들어 간 대가성 기부금]

이튿날.

뉴스가 쏟아지며 한국 의료계의 썩은 민낯이 적나라하게 드러났다. 교수들이 어떤 리베이트를 받았는지, 얼마만큼의 기부금을 요구했는지 모두 드러난 것이다.

보도가 쏟아지자 한성대병원은 일찌감치 연락이 두절되었다.

언론과 접촉을 피하는 것 자체가 죄를 인정하는 것이나 다름없었다.

[나는 제약 업계 영업사원이었습니다 - 한국 의료계의 민낯]
[부끄러운 의료계 현실, 비단 한성대병원의 문제가 아니야]
[3차 병원에 만연했던 문제들]

하지만 쏟아지는 관심은 조금 줄어들었다.

같은 관행은 타 대학에서도 벌어지고 있었기 때문이다.

[공정위, 병원장 및 교수 간부들 3인 검찰에 기소]

검찰은 공정위의 기소 요청을 받아들여 주요 인사 5명을 모조리 입건시켰다.

병원 사람 3명과 재단 사람 2명으로 모두 형사처벌 대상자들이었다.

그렇게 여론이 시끌벅적할 때, 준철은 보건복지부 강현석 2차관을 만났다.

지난번 만남과 달리 그는 더 이상 억지로 중재할 마음이 없어 보였다.

"먼저 사과의 말씀드리겠습니다."

"아닙니다. 강 차관님께서 잘못하신 일도 아닌데요."

"그래도 저희가 일선에서 관리 감독을 못 한 탓이죠."

강현석 2차관은 준철 앞에서 고개를 들지 못했다.

쏟아지는 언론 보도로 보건복지부도 파편상을 입고 있었다. 대학 병원의 이러한 실태를 왜 보건복직부가 감독하지 못했냐 하는 여론의 질타였다.

단순히 감독만 못 하면 다행이지.

그는 이러한 관행을 뿌리 뽑지 않고 중간에 중재하려는 시도도 있었다.

만약 공정위가 이러한 사실까지 모두 언론에 퍼트렸다면? 대중의 십자포화가 병원에서 바로 보건부로 옮겨 올 터였다.

그걸 참아 준 공정위가 고마우면서도 부담스러웠다.

"앞서 말씀드린 대로 저희 보건부가 도울 일이 있다면 최대한 돕겠습니다. 혹시 저희가 도울 일이 있나요?"

처음부터 이 말을 들으려 나왔기에, 준철은 사양 않고 바로 서류를 건넸다.

"이 썩은 관행 뿌리 뽑아야지 않겠습니까. 이게 저희가 입수한 한성대병원 리베이트 내역입니다."

"예."

"병원 기부금을 엉뚱하게 쓴 것은 물론, 제약 업체들에게 노골적으로 기부금을 강요한 내역도 잡았습니다. 하여 저희는 한성병원 및 재단 관계자 5명을 기소했습니다.

형사처벌을 반드시 진행하겠단 의사였다.

여기까진 강 차관도 어느 정도 예상하고 있었기에 크게 놀라진 않았다. 문제는 이 다음이다.

"가장 중요한 건 타 대학 기부금인데요."

"……네."

"저흰 한성대병원의 기부금이 유독 과했을 뿐, 타 대학도 마찬가지일 거라 봅니다."

"진상을 모두 파악하시려는 계획이군요."

올 것이 왔다. 업계 전수조사!

한국 3차 병원 중에 제약 업체한테 기부금 안 받는 곳이 없으니, 이건 업계에 핵폭탄이 될 터였다. 어쩌면 한국 의약업계가 올스톱될지도 모른다.

"과장님, 그렇다면 타 대학 병원도 모두 같은 처벌을 내리실 겁니까?"

"그래야 하지만 현실적으로 그럴 순 없겠죠."

한시름 돌렸다. 무작정 끝장을 보는 타입은 아니다.

"생각해 두신 방법이 있습니까?"

"자진 신고 기한을 두려 합니다. 이 신고 기한 안에 죄를 자백하는 대학 병원과 재단은 일정 부분 죄를 면죄해 주려고요."

"면죄라면 어느 정도……?"

"형사처벌 없을 겁니다. 과징금도 저희가 부과할 수 있는 최소한으로 내릴 거고요."

자진 신고 기한.

이건 사건이 너무 방대하거나 조사 인력이 없을 때 사정 기관이 단골로 쓰는 제도다.

그래서 업계 사람들은 이 제도의 허와 실을 잘 안다.

실탄 쏠 거면 공포탄 쏘겠나?

자진 신고 기한만 잘 버티면 유야무야 넘어갈 것이다.

조사할 능력이 있으면 이렇게 자백을 유도하지도 않았겠

공정거래
위원회

지.

"물론 이 모든 조건은 정말 죄를 다 자백했을 때 일입니다."

"아니면……."

"만약 이 기한을 악용해 아무 자백도 하지 않을 시, 저희가 본보기로 칠 겁니다."

병원들은 당연히 자진 신고 기한에 죄를 자백하지 않을 것이다.

오히려 이 기한만 버티면 영원히 감출 수 있을 것이라 생각할 것이다.

악용할 여지가 넘치는데 보완 장치를 안 둬서야 쓰겠나?

한성대 주요 간부들을 입건시킨 건 이러한 이유였다.

형사처벌 받을 수 있단 여지를 줘야 사람들이 말을 듣는다.

"병원들이 자진 신고 기한에 적극적으로 임하게 설득해 달란 말이군요."

"네. 아무래도 이건 보건복지부가 설득하는 게 더 효과적일 겁니다."

보건복지부는 대부분 의료직 종사자들로, 의료업계는 같은 편이라 생각한다.

준철의 구상을 완벽히 이해한 강 차관이 서류를 들었다.

"알겠습니다. 제가 이 일은 책임지고 마무리 짓겠습니다."

보건복지부의 긴급 소집에 모인 병원장들은 모두 심술 가득한 얼굴이었다.

"그깟 제약 업체들한테 접대 좀 받은 거 가지고 이렇게 망신을 줍니까? 병원을 무슨 장사치로 만들어 놨어."

"맞아요. 이게 다 우리가 행동으로 안 보여 주니까 만만하게 아는 거지!"

"보고만 있을 순 없어요. 각 병원에서 오프인 사람들 모아서 릴레이 시위합시다."

"병원 기부금이 불법 리베이트? 그럼 이참에 의료수가 올려 주든가. 국민들한테도 우리가 얼마나 희생하고 사는지 똑똑히 각인시켜 줘야 돼요."

한성대병원 사건이 대학 병원 스캔들로 번지지 않았나.

제약 업체와 대학 병원들의 밀월 관계가 적나라하게 보도를 탔다.

이 모두 공정위가 쥐새끼처럼 수사 자료를 언론에 흘린 탓이다. 제약 업체 리베이트는 이제 더 이상 한성대만의 문제가 아니다.

'멍청한 놈들. 언론에 망신 준다고 다가 아닌데.'

쉴 틈 없이 원성이 쏟아지자 박 원장은 안도할 수 있었다.

멍청한 공정위 놈들. 딴에는 업계에 비리가 만연하다는 걸 알리고 싶었겠지? 근데 이건 명백한 자살골이다. 덕분에 무심했던 타 대학 병원장들도 반 공정위 대열에 합류해 줬으니 말이다.

사실 처음부터 이 조사는 한계가 짙었다.

만약 공정위가 한성대병원을 처벌하면, 박 원장이 직접 타 대학 재단 기부금 내역을 제출할 참이었다. 그들이 들이미는 엄격한 잣대를 다른 곳에도 적용하면 남아날 병원이 없다는 걸 확신하고 있었다.

'우린 그냥 액수만 좀 더 컸을 뿐이야.'

근데 멍청한 공정위 놈들이 그 수고를 덜어 주었다. 언론에 망신 주는 데에만 혈안이 돼서 다른 대학 병원들의 치부를 함께 터트려 버렸다.

꽤 유능한 젊은 과장이라 들었는데, 역시나 연륜은 무시할 수 없는 모양이다.

"이거 원……. 저희 때문에 다른 대학 병원까지 피해가 가 송구스럽습니다."

박 원장은 분위기가 무르익자 잔뜩 점잔을 빼며 말했다.

"송구스럽긴요. 공정위 꼴을 보아하니 언젠간 우리도 쳤을 것 같습니다."

"네. 담당자가 상당히 독단적이더군요."

"현재 한성대병원 상황은 어떻습니까?"

"저를 포함한 5명의 인사가 기소됐습니다."

"기소? 이 새끼들 기어코 형사처벌까지 하겠다는 거야?"

이들은 바로 격분할 수밖에 없었다.

지금 한성대병원이 당하는 고초가 곧 자신들의 일이 될 테니 말이다.

"누가 보면 불법 약제품 써서 환자를 죽인 줄 알겠네!"

"이놈들은 실형 안 떨어지면 2심까지 갈 놈들이야."

"아니, 진짜 그것들 막나가는 거 아녜요? 그럼 우리들도 다 형사처벌 하겠다는 거야?"

"에이 설마……."

"설마가 아닙니다. 공정위는 저희에게 다른 모든 곳에도 이와 같은 잣대를 들이밀겠다고 했어요."

"그게 진짜예요?"

"네. 그 작자는 한국 의료 시스템이 부서지든 말든 상관 안 할 놈이에요. 머릿속엔 오로지 조사 실적밖에 없었습니다."

공정위는 이런 말을 한 적이 없지만 지금 중요한 건 '진실' 따위가 아니었다.

박 원장은 군불을 지피며 화를 돋웠다.

"아니, 사태가 이 지경인데 보건복지부는 대체 뭘 하는 거야."

"맞아! 우리 입장 대변은커녕 중재도 못 하고 있잖아."

"이러면 보건복지부가 왜 존재해?"

병원장들의 분노가 보건복지부로 옮겨 갔다. 그도 그럴 것이 의혹 보도가 쏟아진 후부터 보건복지부는 거리를 두기 시작했다.

이는 앞으로는 더욱 심해질 것이다.

"중재 안 하면 그냥 우리가 들고일어나지요!"

"그럽시다. 그냥 우리 다 끌려가고 의료수가 올려 버립시다. 끝장을 봐야 놈들이 정신을 차리겠어요."

언젠간 후회할 날이 올 것이다.

의료 리베이트를 적당히 묵인하는 게, 의료수가를 올리는 것보다 낫다는 것을 곧 깨달을 것이다.

그렇게 악담을 늘어놓고 있을 때 회의실 문이 열리며 강현석 2차관이 들어왔다.

"안녕하십니까, 원장님들. 2차관 강현석입니다."

누그러진 목소리로 인사를 건넸는데 아무도 이 인사에 대답하지 않았다.

심술이 잔뜩 난 병원장들의 얼굴은 얼마나 적개심이 가득한지 알게 해 주었다.

하지만 뒤이어 등장한 사내 때문에 병원장들의 태도는 180도 뒤바뀌었다.

"오 장관님……? 여긴 어인 일로."

보건복지부의 수장이자 2선의원이기도 했던 오명석 장관이 함께 들어왔기 때문이다.

"왜 내가 오면 안 되는 자린가?"

"그, 그건 아닙니다만."

"아무리 내가 청와대 낙하산 장관이라도 이런 자리엔 참석해야지. 당 안팎에서 우려의 목소리가 많네."

강 차관을 죽일 듯 노려봤던 이들은 장관 앞에선 온순한 양이 되었다.

그도 그럴 것이 차관과 장관은 하늘과 땅 차이였기 때문이다. 임명직인 장관은 대통령의 분신이라 할 수 있으며, 이는 곧 정치권의 대변인이라는 뜻도 되었다.

단순히 상징적인 차원에서 그치는 것이 아니라 보건복지부는 병원 전체를 징계할 권한도 가지고 있다.

"나 몰래 무슨 밀담들을 그리 나눴어?"

"미, 밀담이라뇨. 그냥 한국 의료계가 어떻게 될까 걱정하고 있던 차입니다."

"좋군. 우리도 지금 그걸 걱정하던 참이었거든. 뭐 그럼 바로 본론부터 얘기해 볼까?"

그가 호탕하게 말했다.

저 말을 정말 믿어도 될까?

하지만 지금은 뭘 재고 따질 처지가 아니었다.

"공정위의 처사가 너무 과하다 생각합니다."

말이 떨어지기 무섭게 한성병원 박 원장이 말했다.

"지금 공정위가 재단 기부금 내역 전부와 사용처까지 깠더군요. 그리고 저희 간부 다섯 명은 기소까지 했습니다."

공정거래
위원회

"뉴스로 들었네. 많이 곤란하다지?"

"곤란한 정도가 아니라 죽을 맛입니다. 장관님, 지금 공정위가 전 병원을 다 깠습니다. 이건 진짜 한국 의료계 전복시키겠단 의도 아닙니까."

오 장관은 눈을 흘겼다.

"그래서 공정위가 타협책을 내놨다 들었네만. 강 차관 그 얘기 전해나?"

"아, 예. 해당 일이 업계에선 관행처럼 일어났다는 걸 공정위도 인지하고 있습니다. 다 처벌하기 어렵다는 것도 알고요. 해서 공정위가 자진 신고 기한을 두기로 했습니다."

병원장들이 웅성거리기 시작했다.

자진 신고?

"지금까지 제약 업체에 리베이트를 받은 내역, 병원 기부금을 용도 외에 쓴 내역 등을 공정위에 자진 고백 하십쇼. 형사처벌 면죄는 물론 과징금도 최소한으로 감면해 주겠다 약속을 받아 냈습니다."

병원장들은 펄쩍 뛰었다.

"대관절 그게 무슨 소립니까?"

"자진 신고해서 우리한테 고백시키려는 술수 아닙니까!"

"형사처벌 면죄에 과징금 최소? 그 말을 누가 믿습니까? 공정위는 그걸 빌미로 저희 병원들을 더욱 옥죄어 올 겁니다."

차관이 약속하고 장관까지 지켜보는데 그럴 리야 있겠는

가. 어지간해선 공정위가 모두 다 넘어가 줄 것이다.

하지만 이들은 눈치 9단, 권모술수 10단인 사람들이다. 공정위가 자백을 유도하기 위해 꼼수 쓴다는 것 정도는 눈치챌 수 있었다.

"약속은 염려 마세요. 공정위가 그러하겠다고 확답을 받았습니다."

"그건 그렇다 쳐도 그럼 앞으로는요? 제약 회사한테 기부금을 받지 말라는 거 아닙니까?"

"그렇게 되면 병원의 고질적인 적자는 어떻게 메우는 겁니까."

"정 그러시면 저희도 의료수가 인상을 주장할 수밖에 없습니다."

쾅–!

의료수가 인상은 건보료 인상과 직결될 수 있는 가장 큰 민감한 문제.

오 장관이 살짝 책상을 치자 회의실은 다시 숨소리도 들리지 않았다.

"강 차관, 만약 이를 지키지 않으면 공정위가 어떻게 한다고?"

함께 놀랐던 강 차관이 마저 말을 이었다.

"만약 이에 응하지 않으면, 한성대 병원과 마찬가지로 간부들을 기소하고 과징금도 최대한으로 부과하겠다고 합니

공정거래
위원회

다."

"형사처벌 하겠다는 거지?"

"네. 지금 상황을 보면 아시겠지만 한성대 관계자들은 실형을 못 피할 겁니다. 집유가 떨어지면 2, 3심을 강행하겠다는 공정위의 의지를 확인했습니다."

장·차관의 대화에 박 원장은 사색이 됐다. 이건 대화란 형식을 빌려 자신의 처벌 수위를 미리 알려 준 것이기에.

다른 병원장들도 마찬가지의 얼굴이었다. 지금은 한성병원의 얘기지만 이는 곧 자신들의 얘기이기도 하다.

'보아하니 곱게 넘어가긴 그른 것 같군.'

'그럼 적당히 자백해?'

'자진 신고 기한 정해 둔 걸 보면, 이쪽도 전체 조사할 엄두는 안 난다는 것 같은데.'

'적당히 자백하고 넘어가는 게 상책이겠어.'

눈치 빠른 몇몇 병원장들이 생각이었다.

"그럼 정말 자백하면 끝인가?"

"진정성을 보겠다고 합니다. 이 자진 신고 기한을 악용해 축소 자백할 수도 있으니까요."

"봐서 너무 자백을 안 했다 싶으면 본보기를 치겠다는 건가."

"네. 아시다시피 조사 인력은 한정적인데, 해당 관행은 너무 많이 이뤄졌습니다. 만약 공정위의 본보기에 걸린다면…… 정말 끝을 볼 겁니다."

하지만 뒤이어 나온 두 사람의 대화가 이런 바람도 무색하게 만들었다.

자백할 거면 제대로 해야 한다. 안 그럼 표적 수사를 당하게 될 것이다.

"병원장들, 여기에 대해서 더 할 말 있나?"

시끌벅적했던 회의실이 금세 조용해졌다.

"할 말이 없는 모양이군."

"……."

"그럼 자리에서 일어들 나. 공정위에서 요구하는 내용 생각보다 꽤 많아. 얼른 가서 먼지 나는 자료 털어서 공정위 조사에 협조해. 자네들이 협조하면 공정위 과징금은 100억을 넘지 않을 거야. 이건 내가 약속하지."

병원장들이 줄행랑치듯 나갈 때 발이 묶인 사내도 있었다.

"죄, 죄송합니다. 장관님."

이 사태의 원흉인 박 원장은 감히 눈도 마주치지 못했다.

"자네는 참 재밌는 사람이야. 이거 모두 자네 책임인 거 알지?"

"……책임요?"

"한성대병원이 응급실 파업 가지고 협박 안 했으면 이런 일도 없었어. 왜 사태를 이렇게 만들어? 업계 사람들 다 하니까 우리도 적당히 넘어가라고 시위한 거야?"

공정거래
위원회

오 장관의 설명이 정확했다.

박 원장이 되지도 않는 싸움을 고집한 건 바로 만연한 관행이었던 방패막이가 있었기 때문이다. 자신들만 처벌하면 다른 놈들도 걸고 넘어지려 했다. 천하의 공정위라도 전 병원을 다 처벌 못 할 것이니, 솜방망이 처벌에서 그칠 것이라 예상했다.

한데 웬걸.

조사 자료를 언론에 다 공개하며 의료계의 민낯을 고발해 버렸다. 덕분에 지금 3차병원들이 아수라장이다.

"그리고 우리한테 중재를 요청해? 뭐 적당히 버티면 우리가 자네들 똥이라도 닦아 줄 줄 알았나?"

"오, 오해십니다."

"그게 오해면 내 분명하게 밝히겠네. 자네들은 우리 보건복지부의 방패를 기대하지 마. 뿐만 아니라 동료 병원 의사들에게 탄원서도 바라지 마."

박 원장이 무어라 지껄이기도 전에 그가 바로 말을 이었다

"공정위에서 최후의 통첩이 왔다. 조사에 협조하면 기소된 자네 다섯 명 간부에 대해선 형사처벌 없을 거라더군. 물론 과징금은 500억대가 되겠지만."

"오, 오백억대요?"

"왜? 5백억보단 다섯 사람이 실형 사는 게 낫나?"

"아, 아닙니다."

"그게 공정위의 최후통첩이었어. 만약 거부하면 뒷일은 나
도 장담 못 해."

—다음 소식입니다.

연일 뜨거웠던 의약 업계 로비 사건이 모두 사실로 드러났습니다. 이
는 비단 한성대 병원만의 문제가 아니었는데요.

공정위가 발표한 3차 병원 모두 사과 성명을 내며 개선을 약속했습니
다.

납품 대가로 기부금을 내는 관행이 과연 고쳐질지, 김성한 기자가 전
합니다.

☟

팽팽했던 양측의 대립은 병원들의 백기투항으로 일단락되
었다.

3차 병원들은 특별 성명까지 발표하며 자진 신고를 약속했
다.

연루되지 않은 병원이 없어서 병원들의 사과 성명은 묻어
가는 분위기였지만, 그중에는 스포트라이트를 피할 수 없는
사람도 있었다.

―오늘은 무거운 마음으로 국민 여러분 앞에 섰습니다.

검찰 출석 당일.
한성 병원 박 원장이 초췌한 얼굴로 기자들 앞에 섰다. 영장 동기인 다섯 명의 간부들과 함께.

―변명처럼 들리시겠지만 저희 한성대 병원은 국가 의료 산업 발전에 많은 이바지를 해 왔다 말씀드리고 싶습니다. 의료진들이 밤낮을 거르고, 밥때를 거르며 응급실을 지켰습니다.
이 과정에서 적자 분과도 생기고, 돈이 되지 않는 수술도 있는 것이 사실입니다. 이러한 적자를 만회하고자 제약 업체들에게 소정의 기부금을 받아 온 것이 오늘의 사태에 이르게 됐습니다.
하지만 더 이상의 변명은 필요 없을 것입니다.
저희는 이 시스템의 문제점을 깨닫고 제도적 개선을 위해 최선을 다하겠습니다.

입장 발표가 끝나자 기자들의 질문이 솟구쳤다.

―정말로 열악한 재정 때문에 기부금을 받아 온 겁니까?
―그런 의료진들이 왜 유흥업소에서 회식을 한 겁니까?
―상당액의 백화점 상품권이 확인되었습니다. 이건 병원이 아닌 개인 리베이트로 보이는데요?

보는 사람이 다 민망할 정도로 기자들의 질문은 잔인했다.

박 원장은 최대한 빨리 현 상황을 벗어나려 했지만 벌 떼처럼 모여든 기자들이 한 발자국도 터 주지 않았다.

-한성대 병원은 이 문제를 가지고 응급실 파업까지 거론한 걸로 압니다.

"……."

-일각에선 환자들의 생명권을 가지고 방패 삼았다 합니다.

"……."

-관련 결정은 누가 내린 겁니까.

그때였다.

"잠시만요, 길 좀 터 주세요-."

검찰 정문에서 웬 젊은 사내가 나오더니 기자들을 좌우로 갈랐다.

준철은 박 원장에게 귀엣말을 했다.

"아무 말씀 마세요. 저희가 안내하겠습니다."

한눈에 준철을 알아본 기자들의 질문이 이번엔 이쪽으로 향했다.

-검찰에 기소하신 이유는 형사처벌 때문이겠죠?

-응급실 파업 협박과 관련해 엄청난 처벌이 있을 거란 예측이 있습니

공정거래
위원회

다.

－법정 공방은 어떻게 예상하십니까.

준철은 어깨를 까딱거렸다.

"조사를 하다 보면 서로 많은 말이 오가곤 하죠. 하지만 벌어지지 않은 일에 대해선 책임을 묻지 않을 겁니다."

－그건 봐주기 조사가 아닌지요. 강력한 처벌을 요구하는 국민적 요구가 더 많습니다!

기자들은 구구절절 옳은 소리만 해 댔고, 박 원장은 땅에 처박은 고개를 들지 못했다.

국민들이 얼마나 자기를 증오하고 있는지 체감할 수 있었다.

서 팀장과 배 팀장이 기자들을 막는 사이, 준철은 박 원장과 함께 겨우 검찰청 정문으로 입성할 수 있었다.

"오늘따라 기자들이 많네요. 고생하셨습니다."

기자들은 사라졌지만 박 원장은 여전히 고개를 들지 못했다. 담당 조사관의 에스코트를 받으며 저곳을 빠져나오지 않았나.

"왜 저를 도와주신거죠……?"

"큰 의미 부여하지 마세요. 보건복지부에서 특별히 요청했습니다. 죄를 다 시인하고 과징금에도 모두 승복하기로 했으니, 최대한 위신 좀 챙겨 달라고."

"……."

"혹시 제가 들은 사실이 원장님 입장과 다릅니까."

"아니요……. 맞습니다."

"다행이네요. 그럼 취조는 일찍 끝날 겁니다."

사실 그를 더 치욕스럽게 만들 수도 있었지만, 적당히 위신을 챙겨 주었다. 이 사태를 한 번에 담판 지어 준 보건부의 특별한 부탁이 있었으니.

그게 아니더라도 웬만해선 배려해 주려 했다.

지금은 조사의 종점이 아닌 시작점. 박 원장을 모욕 주고 망신 주면 타 대학병원들의 자진 신고도 요원해진다. 대의를 위한 일인데 소인배 하나쯤이야.

"먼저 들어가시죠. 저는 나중에 가겠습니다."

박 원장을 먼저 들여보낸 후 준철은 두 팀장을 불렀다.

"서 팀장, 오늘 취조는 자기가 맡아. 독대로."

"제가 독대를……?"

"자신 없어?"

"솔직히 너무 거물급 인사라……."

"거물이든 소물이든 그냥 범법자일 뿐이야. 어차피 조사에 협조하기로 했으니 준비해 온 얘기만 들으면 돼."

마지막까지 직접 맡고 싶으나 그러진 않았다.

공정거래
위원회

다 끝난 조사다. 이건 경험 없는 신입들에게 좋은 공부가 될 것이다.

"배 팀장은 증거자료 맡자. 저쪽에서 맨몸으로 오지 않았을 거야."

"그 선물 꾸러미 말씀이십니까? 증거 자료들."

"그래, 그거 정리해서 검찰에 사본 하나 넘겨 줘."

"근데 과장님, 저희 기소 취하하기로 하지 않았습니까? 검찰에 따로 넘길 필요는……."

"그거야 취조 얼마나 잘하는지 지켜보고 결정해야지. 막 이상한 애기 늘어놓거나 결정적인 상황에서 딴청 피우면 이 자료를 비수로 이용할 거다."

준철의 지시를 이해한 두 사람은 분주하게 발걸음을 옮겼다.

"어휴— 마지막까지 철두철미하네."

"그러게. 밑에서 일하는 나도 다 질릴 지경이다."

"오늘 조사 끝나고 한잔 때릴까?"

"술? 얀마, 아직 조사 다 안 끝났어."

"뭘 걱정이야. 아까 박 원장 얼굴 보니까 이미 다 자백하러 온 눈치던데. 사실상 오늘이 조사 종결이야.

"흠…… 그런가?"

배 팀장이 크큭 웃었다.

"퇴근, 주말 다 반납하고 일만 했는데 우리도 회포 풀어야지! 얘기 들어 보니까 이 정도 스케일의 사건 끝나면 특별 연차도 준대."

"오— 연차 좋지, 좋지! 근데 술은 담에 하자. 나 오늘 미정이 만나야 돼."

"여친은 좀 다음에나 만나라. 오늘같이 좋은 날에 무슨."

"좀 봐줘. 한 달 동안 연락도 제대로 못 해서 단단히 삐쳤다. 근데 명수, 넌 여친 없냐?"

"안 그래도 이번 사건 끝나고 하기로 했다. 흐흐."

"오— 소개팅. 연차 끝나고 여친 생겨서 오는 거 아니야?"

"기대해. 크큭. 이번 특별 연차 때 아주 광란의 밤을 보낼 거니까."

질 끝판왕 사망

한명그룹
김성균 본부

중고차 스캔들

중소기업청 상생협력과.

대기업들의 무분별한 사업 확장을 막는 이곳은 요즘 중기청에서 가장 바쁜 나날을 보내고 있었다.

"어떻게 됐지?"

"아현자동차 측에서 물러설 것 같지 않습니다. 저희한테 사업 타당성 보고서를 보내 왔습니다. 이르면 오는 시월에 중고차 시장 진입을 본격 발표할 거 같습니다."

최근 중기청의 최고 골칫거리는 아현자동차의 중고차 진출이었다.

합병을 거듭하며 사실상 국내 독점 자동차 회사가 된 아현이 중고차 시장에 야욕을 드러낸 것이다.

문제는 현재 중고차 시장이 [중소기업 적합업종]으로 지정되었다는 것.

이는 대기업의 영업 행위를 금지하는 초강도 보호 조치다. 아현자동차는 이 적합업종 해제를 요구하며 강력하게 도전해 오고 있었다.

물론 평소 같았으면 씨알도 먹히지 않았을 것이다.

중기청 본연의 임무가 골목 상권 보호, 대·소기업 상생인데 검토해 주겠나. 하지만 중고차 업계는 소비자들의 불만이 극에 달한 상태였고, 중기청도 무조건적으로 거부하긴 어려운 입장이었다.

"허심탄회하게 말해 보지. 어떻게 하면 좋겠어?"

국장의 말이 떨어지기 무섭게 과장들이 달려들었다.

"국장님, 검증된 폭탄을 우리가 터트릴 필요 있겠습니까?

"맞습니다. 이건 업계의 반발이 불가피합니다. 저희가 중소기업 적합업종을 해제하면 또 골목 상권 침해 문제가 대두될 겁니다."

과장들은 이구동성 반대의 목소리를 높였다.

아현자동차는 국민자동차라는 별명이 붙을 만큼 신차 시장을 독점하고 있었다. 특유의 가성비와 빠른 서비스, 저렴한 부품값으로 엄청난 점유율을 보이고 있었다.

그 거대 기업이 이젠 골목 상권인 중고차 시장까지 진입하려 한다.

공정거래
위원회

"솔직히 게임이 되겠습니까? 아현이 중고차 시장 진입하면 단 몇 년 안에 시장을 평정해 버릴 겁니다."

"단편적으로만 보지 마. 중고차 업계에 만연한 소비자들의 불만은?"

"골목 상권 지키다 보면 당연히 부작용도 있겠죠. 하지만 긍정적인 부분도 있습니다."

"그럼 긍정적인 부분은 뭐지?"

기습 질문에 과장들의 입이 싹 다물어져 버렸다.

"국장님, 다른 거 다 필요 없이 한 가지만 생각해 주십쇼. 저희 중기청의 역할은 소상공인 상권 보호 아닙니까? 시장 논리 들이밀면 저희는 존재할 이유도 없습니다."

이것도 일리 있는 말이었기에 국장은 더 이상 다그칠 수 없었다.

"그럼 아현자동차한테 뭐라 설명할 거야? 우린 중소기업 보호하는 데라서 적합업종 해제 못 하겠다, 이럴 거야?"

"일단 중고차 연합 대표들과 아현자동차 관계자를 한자리에 모아 보죠. 서로 얘기를 하다 보면 분명 타협점 나올 겁니다."

"누가 지금 그걸 안 해 봐서 이래?"

"……."

"양측 초빙해서 벌써 다섯 차례나 회의했다. 아무 진전도 없이 끝났는데 여섯 번째 회의에선 타협이 되겠어?"

사실 '중고차 판매자 연합인' 중연과 아현의 줄다리기는 계속 진행되고 있었다.

시장 진출을 어떻게 할 건지, 국산차만 다룰 건지, 전 차종을 다룰 건지. 꽤 세세한 논의가 있었지만 한 가지도 타협 못하고 계속 평행선만 달렸다. 시장에 아주 강력한 경쟁자가 등장할 판인데, 중연이 타협을 해 줄 리 없다.

그랬던 게 벌써 2년이나 흘러 오늘에 이른 것이다.

"대안 없이 반대만 하지 말고 대책을 내놔 봐. 우리가 정말 중소기업 적합업종 유지하는 게 옳은 거야?"

그리 다그칠 때 한 사내가 손을 들고 말했다.

"국장님, 전 그 말씀이 일리 있다고 봅니다. 업계의 반발이야 불가피하겠지만 중소기업 적합업종 해제는 이뤄져야 합니다."

"민 과장?"

"예. 아시다시피 중고차 시장은 이미 40조가 넘는 초거대 사업이 되었습니다. 하지만 지난해 공정위에 신고된 허위 매물 건수만 4,500여 건. 10년 전부터 꾸준히 늘었고 개선될 여지도 없습니다."

"계속 말해 보게."

"뿐이 아닙니다. 강매 신고 400건, 소비자 분쟁 1,200건. 이 모두 공정위에 신고된 자료입니다. 중고차 시장 규모는 앞으로 더욱 커질 텐데, 피해 사례가 과연 줄어들까요?"

모두가 예스를 외칠 때 노를 외치는 건 엄청난 용기가 필요한 법이다.

동료 과장들이 살기를 띤 눈으로 그를 바라봤지만 민 과장이라 불린 사내는 개의치 않았다.

"아현자동차의 시장 진출은 업자들이 자초했다고 해도 과언이 아닐 겁니다. 적합업종 해제를 진지하게 검토해 봤으면 싶습니다."

"대기업의 시장 진출은 업자들이 자초한 일이다? 민 과장님, 이거 너무 위험한 발언 아닙니까?"

민 과장의 열변이 끝나자 바로 공격이 들어왔다.

"어떤 부분이요?"

"본인의 소속을 좀 생각해 보시란 말입니다. 중소기업청. 우리 뭐 하는 곳입니까? 대기업들의 문어발 확장 막고, 골목상권 지키고, 소상공인 생존권 지키는 데 아닙니까."

"대기업 진출 막는 게 능사가 아닙니다. 건전한 시장 관계가 조성되면 오히려 소상공인의 이익이 늘 수도 있죠."

"그건 무슨 궤변입니까?"

"소비자들의 신뢰를 확보하면 중고차 시장은 더욱 커질 테고, 그럼 전체적인 파이가 커지지 않겠습니까. 지금 가장 큰 문제는 소비자들의 불만이 극에 달해……."

동료 과장들은 그의 말을 끊으며 소리를 질렀다.

"아니, 민 과장님. 소비자들 불만이 대기업이 진출한다고 달라져요? 인터넷에 아현자동차 쳐 보세요. 연관 검색어에 흉기차부터 뜰 겁니다."

"그 얘기가 여기서 왜 나옵니까?"

"그들 또한 사업자지 시장 구원자가 아니라는 겁니다. 아현자동차가 중고차에 눈독 들이는 건 이미 내수 시장 평정해서 더 이상 성장 동력이 없기 때문이겠죠."

"목적은 나도 모릅니다. 근데 아현자동차의 진출이 소비자들에게 해가 가는 건 아니잖아요."

"그렇게 따지면 국회의원들이 선거 때마다 찾는 전통시장은 다 없어져야겠네. 뭐 하러 시장가요? 마트에서 장 보면 서비스도 좋고, 시설도 쾌적한데."

"……."

"시장 논리 대입하면 중기청은 왜 있습니까? 민 과장님은 진짜 위험한 발상을 하고 있는 겁니다."

사실 이것도 맞는 말이었다. 만사를 다 시장 논리에 맡길 순 없지.

한동안 지켜보던 국장은 한참 만에 입을 열었다.

"다들 그만. 두 사람 다 일리 있는 말이야. 중소기업 보호가 우리 본연의 임무지만 소비자들의 불만도 무시할 순 없지."

그는 고개를 돌렸다.

"그래도 민 과장 의견은 일리가 있어. 중고차 관련 소비자 분쟁은 해마다 느는 추세고, 아현이 시장 진출 하려는 명분

공정거래
위원회

이기도 해. 우리가 무작정 묵살하면 분명 국민들의 반발도 만만치 않을 거다."

그는 잠시 뜸을 들이다 말했다.

"해서 말인데 이건 우리 혼자서 해결 못 하겠다. 민 과장, 일단 이거 공정위에 협조 요청하자."

"……공정위요?"

"소비자 분쟁이 다 그쪽으로 신고되는데, 당연히 그쪽 힘이 필요하지 않겠어?"

"아, 예. 그건 그렇습니다."

"시장 실태 조사 좀 부탁하자. [중소기업 적합업종] 심사는 공정위가 낸 결과를 참고해 결정하도록 하지."

❧

아현의 중고차 진출은 자율 조정이 다섯 차례나 실패한 안건이었다.

한마디로 타협에 다섯 번이나 실패한 사건.

중기청은 그때마다 적합업종 해제를 뒤로 미뤘지만 그사이 소비자들의 불만은 더욱 커져 진퇴양난의 기로에 놓이게 되었다.

사실 이전부터 논란이 많은 문젯거리였다.

중고차 시장은 이미 40조가 넘는데, 대기업 진출만 막고 있으니 시장이 기형적으로 성장했던 것이다.

중고차 업체는 기업 브랜드가 없으니 마구잡이로 영업을 했다. 허위 매물과 강매가 다반사로 일어났으며 더러 어떤 곳은 불법 대출까지 알선해 소비자들을 기망했다.

뿐이랴.

여름마다 장마가 기성인 한국의 날씨 특성상 침수 차 문제는 해마다 일어났다. 업체들은 당연히 이를 속여 팔았고, 전문 지식이 없는 소비자들은 늘 당할 수밖에 없었다.

중기청도 문제의 심각성을 인지하고, 몇 차례나 개선을 요구했지만 시장은 별반 나아지지 않았다. 여긴 모두 개인 사업자들의 조합. 강력한 통제 기구가 없다.

그랬던 이들도 밥그릇이 달린 문제엔 일체 합심했다.

중고차 시장 중 가장 규모가 큰 4개 업체가 단체를 구성해 지속적으로 중기청을 압박하고 있었다.

-소상공인 생존권 보장!

-줏대 없는 중기청 각성하라!

-중소기업 적합업종 해제는 살인!

-우리 업종 해제 할 거면, 대형 마트 규제도 해제하라!

민 과장은 오늘도 한 트럭이나 쏟아진 악성 메일을 확인하며 한숨을 쉬었다.

2년 전부터 시달린 일이었지만 좀체 적응이 되지 않는다. 업계 사람들이 워낙 험한 일에 익숙한 사람들이라 밤길 다니기도 무서웠다.

"과장님, 차 대기시켰습니다."

"어, 그래. 약속 확인했지?"

"예. 그쪽 종합국 국장님과 면담이 잡혔습니다."

"고생했다. 필요 서류 다시 한번 검토하고 자리에서 대기해. 나 혼자 갈 거야."

하지만 그럼에도 그는 고집을 꺾지 않았다.

대기업 진출을 무조건 막는 미봉책으론 이 사태를 제대로 해결할 수 없다 믿었기 때문이다. 그는 오히려 대기업 진출이 시장 신뢰도를 향상시키고, 나아가 시장 규모도 성장시킬 것이라 믿었다.

물론 그 과정에서 폐업하는 업체도 속출하겠지. 하지만 그건 도태되어야 할 업체가 자연히 경쟁에서 밀린 것일 뿐이다.

'대기업과 경쟁해서 살아남는 업체가 진정한 강소 기업이지.'

그리 생각하며 차에 몸을 실었다.

❧

제약 업계 사태가 일단락되었지만 준철은 여유를 만끽할

새가 없었다.

과장으로 진급한 것이 꼭 좋은 것만은 아니다.

팀장 때는 한 사건 끝나면 나름대로 여유 있게 보냈건만, 이제는 각 팀장들이 가져오는 서류를 검토하고 조사 방향까지 지시해 주어야 했다.

준철은 기소, 영장 청구 같은 중대 결정 자료들을 우선 결재해 주었다. 기업들이 불복할 기미가 보이는 사건은 팀장들을 불러 세세하게 지시도 내렸다.

그러던 중 불길한 전화 한 통을 받고 엘리베이터로 향했다.

'국장님이 갑자기 왜 부르시지?'

예감이 좋지 않았다.

보통 전달 사항이 있으면 과장 전체를 부르지, 이렇게 따로 부르지 않았기 때문이다.

'에이 설마, 리베이트 사건 끝난 지 이틀도 안 됐는데.'

그런 기대를 품으며 국장실 앞에 당도했다.

"국장님, 이 과장입니다."

"응, 들어 와."

문을 열고 들어서니 낯선 사내가 먼저 자리를 지키고 있었다.

"인사하지. 이 과장, 이쪽은 중기청 민 과장이야."

"안녕하세요. 종합국 이준철 과장입니다."

공정거래
위원회

"반갑습니다. 중기청 상생협력과 민형식 과장입니다."

불운한 직감이 맞았다.

보통 국장실에서 소개팅이 이뤄지면 꽤 큰 사건이란 뜻인데, 아무래도 큰일이 일어날 모양이었다.

"민 과장, 무슨 말인지는 이제 다 이해했네. 우리 과장한테는 내가 따로 설명하지."

"감사합니다."

"근데 우리가 언제까지 끝내야 하나? 실태 조사는 우리도 시간이 꽤 걸려서."

"저희가 한 달 안으로 가 · 불을 결정해야 합니다. 그 전까진 어려울까요?"

유 과장은 고개를 돌려 준철을 쓱- 훑었다.

그러더니 다시 말했다.

"뭐 가능할 것 같기도 하네. 이 친구 실력이 워낙 좋아서."

"아, 네. 감사드립니다."

"따로 또 할 말이 있나?"

"……저희 결정에 공정위 조사 결과가 지대한 영향을 미칠 겁니다. 모쪼록 냉정하고 정확하게 평가해 주시길 부탁드립니다."

민 과장이 나가자 준철의 얼굴이 바로 떨떠름해졌다.

이건 뭐 부연 설명을 듣지 않아도 큰 사건이 떨어졌음을 알 수 있었다. 유 국장은 못내 미안한지 슬며시 일어나 커피

스푼을 들었다.

"이 과장, 한성대 병원은 어떻게 됐어?"

"이틀 전에 자백 나왔고, 병원도 과징금에 다 승복했습니다. 지금은 서류 작업만 하고 있습니다."

"그래? 거참 대단하네. 기업들 승복시키는 건 쉽지 않은 일인데 말이야."

빈말이 아니다. 응급실 파업까지 거론되며 꽤 떠들썩했던 사건을 진압하지 않았나. 젊은 과장이 맡기엔 힘들었을 텐데 대견하게 성공해 주었다.

"감사합니다."

하지만 준철의 귀엔 별로 칭찬이 와닿지 않았다. 대신 어지럽게 널브러진 서류가 눈에 들어 왔다.

[중소기업 적합업종 해제 논의 - 중기청]

유 국장은 커피를 쓱 내밀더니 말했다.

"이 사건 아나?"

"예. 뉴스에서 들어 보기는 했습니다. 아현자동차가 중고차 시장에 야욕을 드러냈다고……."

"것 때문에 중기청이 아주 죽을 맛인 모양이야."

"근데 이거 자율 조정 실패하지 않았습니까? 업계 반발 때문에 아현 쪽에서 접은 걸로 아는데."

**공정거래
위원회**

"접기는 무슨. 중기청에 해제 요구 보내면서 선전포고 했다. 신청 안 들어주면 법정 싸움까지 갈 모양이다. 한번 읽어 봐."

대충 읽어 보니 아현자동차가 왜 저리 강경하게 나오는지 이해가 되었다.

40조면 경기도 아파트 분양 시장 규모 아닌가. 이렇게 비대한 시장을 대기업만 진출 못 하게 막아 놨으니 탈이 안 날 수가 없다.

간단히 서류 검토를 끝냈을 때, 국장님의 말이 이어졌다.

"어때?"

"중기청 고민이 깊을 수밖에 없겠네요. 근데 중기적합업종은 저희 권한이 아니지 않습니까. 도울 일이 없을 텐데요."

"나도 그렇게 생각했는데 그게 아니더라."

"예?"

"이 자식들이 가·불 경정할 때 우리 근거 자료를 쓸 건가 봐. 뭐 허위 매물이나 강매, 소비자 분쟁이 다 우리 소관이니."

유 국장은 영 못마땅한 눈치였다.

"당연히 정치적 이유 때문에 우리한테 맡기는 거겠지만."

"정치적 이유요?"

"중기청이 대기업 편들면 뒷말 나오니까 우리한테 슬쩍 결정권을 넘긴 거라고."

"아……."

준철은 단번에 그 말을 이해했다.

어떤 부처든 조직 논리로부터 자유로울 수 없다. 시장에 문제가 많다는 건 알지만, 중기청 입장에선 선뜻 대기업 편을 들기 어려울 것이다.

"그럼 저쪽도 시장의 문제는 알고 있다는 겁니까."

"그걸 몰랐으면 우리한테 이걸 가져왔겠어? 이건 놈들도 어떤 포지션을 취해야 하는지 아는 거야."

현재 중기청은 중소기업 적합업종을 해제하고 싶은 것이다. 하지만 업계 반발과 자신들의 위치 때문에 아무 결정도 내리지 못하고 있을 뿐.

"우리가 업계 실태 전달하면 그쪽에선 기다렸다는 듯 결정 내릴 거다."

"그럼 저희도 처신 잘해야겠군요."

"응. 까딱하면 우리 평계 댈지도 모르지. 뭐 평계라기보단 이치상 그게 맞는 일이긴 하지만."

말을 끝낸 국장이 서류를 슬쩍 내밀었다.

"이 과장이 한번 해 볼래?"

유 국장은 준철이 이 사건의 적임자라 판단했다.

솔직히 이건 공정위 본연의 업무라 볼 수 없지 않은가. 다른 과장에게 맡겼다면 책임 회피하자고 일을 하는 둥 마는 둥 했을 것이다.

하지만 준철은 다르다.

뭐 하나 찝찝한 게 있다면 그 끝을 보고 마는 성격. 중소기업의 입장보다는 철저히 시장에서 어떤 현상이 벌어지고 있는지 파악해 냉정한 결과를 도출해 줄 것이다.

"알겠습니다."

예상했던 대로 놈은 이 상황을 피하지도 않았다.

유 국장은 씨익 웃더니 덧붙였다.

"좋아. 그럼 다른 국에도 말해 놓을 테니까 필요한 인력 있으면 말해."

❧

자리로 돌아온 준철은 비스듬히 턱을 괴었다. 중기청이 가져온 방대한 서류에 한숨부터 나왔다. 뭐 굳이 읽어 볼 필요가 있을까?

아현은 중고차 시장을 포기할 생각이 없고, 판매 연합은 아현을 경쟁자로 받아 줄 생각이 없다.

사실 업자들의 반발은 충분히 이해할 만한 것이었다. 국내 차 시장을 독점한 아현이 중고차 시장을 접수하는 건 시간문제일 테니.

이를 의식한 아현도 자사 중고차만 팔겠다, 고객이 먼저 제의할 때만 팔겠다 등의 여러 제약 조건을 걸었지만 판매 연합을 설득하진 못했다.

그렇게 자율 조정은 다섯 차례나 결렬됐다.

'반대할 만하지. 그렇게 신뢰도를 쌓고 점점 더 많은 걸 요구할 테니.'

준철도 나름 그들의 고충을 이해해 보려 노력했다.

공정위도 중기청 못지않게 중소기업을 보호하는 기구 아닌가. 하지만 꾸준히 증가해 온 허위 매물 건수, 강매, 소비자 분쟁 사례 등을 고려하면 차라리 대기업을 두둔하고 싶어질 지경이었다.

'골목 상권 보호냐, 소비자 편익이냐……'

실태 조사엔 담당자의 사견이 들어가야 했다.

개선의 여지가 보인다, 제도적으로 보완할 수 있다고 의견 보충하면 중기청은 판매 연합의 손을 들어줄 것이다.

반대로 문제점이 더욱 증가할 전망이라 보고하면 중기청도 이를 근거로 [중기적합업종]을 해제할 것이다.

'객관적으로 하자. 어차피 판단은 중기청 몫이니.'

복잡한 생각을 제쳐 두고 전화를 들었다.

"서 팀장, 지금 내 방으로 올라와. 어, 배 팀장이랑 함께."

쏜살같이 달려온 두 사람은 왠지 모르게 얼굴이 밝아 보였다.

"한성병원 리베이트는 거의 다 끝났지?"

"넵! 보고서 정리만 하고 있습니다. 이틀 안으로 다 끝날 겁니다."

"다행이네. 다들 이번 사건 맡느라 고생 많았다. 해서 내가

공정거래
위원회

두 사람한테 좀 특별한 걸 주고 싶은데…….”

두 사람은 속으로 쾌재를 불렀다.

“뭐든 말씀하십쇼.”

“중기청에서 협조 공문이 왔어. 지금 아현이 중고차 시장 진출한다고 업계가 뒤숭숭한가 봐.”

“……예?”

“근데 이게 우리 업무랑 많이 겹치네. 중고차 허위 매물, 강매, 소비자 분쟁이 다 우리 쪽으로 신고되는 일이라서.”

두 사람은 넋이 나갔다. 특별하다는 게……. 연차가 아니라 사건이었나?

“실태 조사를 부탁했는데 운 좋게도 내가 따내 왔다.”

“……이게 어째서 운이 좋은 건가요?”

“중기 보호하는 투톱 기구가 공정위, 중기청 아니냐. 거긴 우리 자매처나 다름없어. 인맥 쌓을 수 있는 좋은 기회지.”

말도 안 되는 궤변이었지만 대충 얼버무리고 넘어갔다.

준철의 배경 설명이 이어지자 두 팀장은 더욱 실망한 기색을 내비쳤다.

“그러니까 이거…… 중기청이 민감한 안건 저희한테 떠넘긴 거네요?”

“뭐 그건 부정 못 하지.”

“그럼 그냥 대충 하는 시늉만 하면 안 됩니까? 우리가 시장에 문제 있단 의견 내면 업계 불만이 저희 쪽으로 쏠릴 것 같습니다."

준철은 고개를 저었다.

"그건 그때 가서 생각하고 사건만 봐. 우리 쪽 통계 자료만 봐도 허위 매물, 강매 같은 소비자 분쟁이 계속 늘었다."

"그래도 저희가 대기업 두둔하는 것처럼 보여 찜찜합니다."

"그거 말고는?"

"……예?"

"그냥 느낌이 찜찜하다 말고 다른 걸리는 점 없어?"

두 사람은 대답할 수 없었다.

그게 아니라면 아현의 중고차 진출을 반대할 명분이 있을까? 머리를 쥐어짰지만 아무런 대답도 찾을 수 없었다.

***

"젠장! 중기청에서 공문이 왔어. 아현자동차가 또다시 중기적합업종 해제를 요구했대."

"아니, 진짜 이것들이 끝장을 보자는 거야?"

"절대 안 돼! 결사 반대! 아현이 업계 진출하는 순간 다 죽는 거야."

중고차 판매자 연합 대표 4인방은 분통 터지는 회의를 이어 갔다.

다섯 번이나 협상을 결렬시켰건만, 아현이 또다시 야욕을 드러내지 않았는가. 이건 이들에게 재앙이었다.

제아무리 중고차 시장 1, 2, 3, 4등이라 해도 대기업 앞에 선 골목대장일 뿐이다. 아현은 과거 다섯 개가 넘던 국산차 시장을 독무대로 만들었다. 중고차 시장 장악은 그보다 더 빠를 것이다.

"중기청 놈들은 이딴 걸 왜 자꾸 공지하는 거야. 지들 선에서 짤라야지."

자연히 그 원성은 중기청으로 향했다.

아현과 비교해 경쟁력, 소비자 신뢰도 모두 뒤처지는 이들이다.

딱 하나 믿고 있는 게 [중기적합업종]이란 울타리인데, 그 권한을 가진 이들이 자꾸 거리를 두기 시작한다.

"그래도 아직 중기청은 우리 편이지?"

"장담 못 해. 반응이 예전 같지가 않아."

"뭐?"

"자꾸 국민 여론 핑계 대면서 가능성을 열어 놓고 있다고."

"아무리 그래도……. 설마, 적합업종 해제를 진짜 하겠어? 이건 그놈들한테도 부담이 만만치 않을 텐데."

"사실 내가 들은 말이 하나 있는데……. 중기청이 이 사건을 공정위에 의뢰했대."

"뭐, 뭐?"

"실태 조사를 부탁했는데 어쩌면 이 결과를 명분 삼아서 해제를 검토할 수도 있을 것 같아."

회의실엔 숨소리도 들리지 않았다.

공정위가 나서면 이들에게 좋은 게 없었다. 인터넷에 허위 매물을 올렸던 건 다반사요. 그렇게 미끼를 물고 찾아온 고객을 가둬 두고 강매도 했다.

더러 어떤 곳은 불법 대출까지 알선해 차를 팔았다.

지난 4차 회의에선 중기청이 이 문제를 직접 거론하며 개선을 요구하기도 했다. 하지만 귓등으로 듣고 적당히 넘어가려 했는데 그게 마지막 경고였던 모양이다.

"공정위가 실태 조사 하면 뭘 어떻게 하려나……."

"허위 매물, 강매, 침수차 이력 속이기 뭐 다 끄집어내겠지. 소비자 분쟁은 다 그쪽으로 접수되니."

"중기청이 이를 명분 삼아 아현 편을 들어줄 가능성이 커."

업계 실태를 누구보다 잘 알고 있는 이들은 공정위가 무서웠다.

아현이 털어서 먼지 나오는 기업이라면, 여긴 눈대중으로 봐도 먼지밖에 없는 기업들이다. 공정위의 실태 조사가 이들을 변호해 줄 리 만무하다.

"그럼 결론은 하나네. 공정위 실태 조사를 막는 거."

지금까지 침묵을 지키던 엔젤카 박 사장이 입을 열었다. 4인방 중 가장 매출이 높은 곳으로 현재 판매자 연합의 대

**공정거래
위원회**

표를 맡고 있는 이였다.

"실태 조사를 어떻게 막아⋯⋯? 이건 그냥 객관적 자료인데."

"수치는 못 바꿔도 담당자 평가는 막을 수 있지. 당장에 문제점은 많지만 업계가 노력하면 개선할 수 있다고 설명하면 돼."

"⋯⋯그걸 공정위가 믿어 줄까?"

"믿으라고 하는 소리가 아니야. 질리도록 하는 게 목표지."

"뭐?"

"지금까지 중기청에 보냈던 팩스 폭탄, 문자 폭탄. 번호만 바꿔 보자고. 담당자 연락처는 내가 알아 올게."

"아니, 그러다 역효과 나면?"

"걱정 마. 솔직히 공정위도 이 사건 맡기 싫을 거야. 중기청이 욕먹기 싫어서 지들한테 조사를 의뢰했는데, 이거 하나 눈치 못 챘겠어?"

사장들의 얼굴이 조금 밝아졌다.

"그, 그건 그렇지."

"공무원 다 똑같다. 일 커진다 싶으면 꽁무니 빼기 바빠."

"하긴 이건 그쪽 소관도 아니니⋯⋯. 그리고 또 공정위가 대기업 편 들어주는 데는 아니잖아? 오히려 견제하는 기구지."

결론은 쉽게 모였다.

이건 비리를 덮어 달라거나, 안 되는 걸 되게 해 달란 청탁이 아니다. 남의 밥그릇 싸움에 끼어들지 말아 달라는 그저 작은 부탁일 뿐.

어차피 공정위 소관도 아닌지라 금방 나가떨어질 거란 확신도 들었다.

"다들 너무 걱정하지 마. 금방 나가떨어질 거야."

"과장님, 저 팩스가 하나 왔는데요."

"팩스? 중기청에서?"

"아니요. 판매자연합이란 곳에서 공문이 왔습니다. 근데 내용이 좀……."

서류를 받아 든 준철은 바로 인상이 굳어졌다.

–중기청과 공정위의 역할은 크게 다르지 않다.

–거대 기업으로부터 영세 사업자를 보호하는 일이다.

–공정위가 골목 상권 침해에 앞장을 선다는 건 있을 수 없는 일이다.

장문의 팩스는 그렇게 세 줄 요약할 수 있는 내용들이었다. 한마디로 자기들 편들어 달라는 뜻이겠지.

사실 준철에게 항의성 팩스는 다반사로 있는 일이었다. 하지만 이들의 공문은 무척이나 황당했다. 자신들의 편을 들어

쥐야 하는 이유가 단순히 중소기업이기 때문이라는 것이다.

"어떡하죠? 무슨 대기업 청탁 얘기 꺼내고 하는 거 보니 이거 악성 민원까지 넣을 것 같던데."

"밥그릇 싸움에 크게 휘말렸네."

준철은 판매자연합보다 중기청이 더 미웠다. 이런 일이 벌어질 것 같으니 미리 짬을 때린 게 아니겠는가.

"됐어. 이런 공문 한두 번 받아 보나. 우리 일만 하자."

준철은 그 서류를 가볍게 무시했다.

"서 팀장부터 말해 봐. 업계 실태 어때?"

들어 볼 것도 말 것도 없는 보고였다.

중고차 시장의 허위 매물은 꾸준히 상승했다. 지난해 신고된 허위 매물 건수만 4천 건. 그중 2천여 건이 강매로 이어져 소비자들이 환불을 신청했다. 또 그중에는 중개업자가 불법 대출까지 알선해 금감원 단속에 걸린 사건도 있었다.

"개판이 따로 없네."

"네. 그런데도 아현자동차한테 시장을 조금도 내주고 싶지 않은 모양이에요."

"이거 드림팀을 한번 제대로 모아야 할 것 같은데."

두 팀장은 안도의 한숨을 쉬었다.

젊은 과장 성격이라면 이것도 세 사람이서 진행시켜 버릴 줄 알았다. 다행히 그 정도로 막무가내는 아니었구나.

"TF를 어떻게 꾸며 볼까?"

"일단 허위 매물은 안전정보과에서 잡아야 됩니다. 사실 저희가 참고한 자료 대부분 안전정보과에 신청된 이의 제기였습니다."

"한 세 팀이면 될까?"

"세 팀이면……. 아주 좋죠. 근데 그쪽에서 차출해 줄까요?"

"그건 걱정 마. 아는 분이 나한테 빚진 게 있거든."

웹튜브 뒷광고 사태 때 오유미 과장.

그녀는 아직도 안전정보과에서 근무하며 홈쇼핑계 저승사자로 군림하고 있었다. 전공이 허위과장광고 적발이니 조언도 많이 얻을 수 있다.

'옛정이 있다면 세 팀 정도는 차출해 주겠지?'

그리 생각할 때 전화가 울렸다.

"여보세요."

―예. 이 과장님. 저 중기청 민 과장입니다. 혹시 오늘 판매자연합에서 공문이 간 게 있나요?

"예. 오늘 아침에 한 통 받았습니다. 협박 편지처럼 쓰였던데요."

―어휴, 기어코 보냈네.

"괜찮습니다. 저희도 이런 일엔 익숙해요. 한데 무슨 일로?"

―다름이 아니고 판매 연합에서 저희 쪽에 면담을 신청했거든요.

"면담요?"

—예. 업계 입장을 잘 설명하고 싶다고. 근데 공정위도 함께 나와 달라 부탁해서 연락드렸습니다.

협박 공문을 보내고 면담을 신청하다니 이건 또 무슨 전략일까?

"알겠습니다. 그쪽에서 원하면 저희도 참석해야죠. 날짜 잡아 주시면 제가 가겠습니다."

다음 권으로 이어집니다

꿈의 도약, 로크에서 하십시오
(주)로크미디어에서 신인 작가를 모십니다

즐거운 세상, 로크미디어는 꿈을 사랑하고 도전을 두려워하지 않는 작가 분들의 참신한 작품을 기다리고 있습니다. 21세기 장르 문학계를 이끌어 갈 차세대 선두 주자 (주)로크미디어에서 여러분의 나래를 활짝 펴 보시길 바랍니다.

모집 분야 판타지와 무협을 포함한 장르 문학
모집 대상 아마추어 작가, 인터넷 작가
모집 기한 수시 모집
   작품 접수 시 유의 사항
      1. 파일명은 작가명_작품명.hwp형식을 갖춰 주십시오.
      1. 파일에 들어갈 내용은 다음과 같습니다.
         ─ 성명(필명인 경우 실명을 밝혀 주세요), 연락처, 이메일 주소.
         ─ 제목, 기획 의도.
         ─ A4 용지 1장 분량의 등장인물 소개.
         ─ A4 용지 2장 분량의 전체 줄거리.
         ─ 본문.
      1. 작품이 인터넷에 연재되고 있다면, 게시판명과 사이트의 구체적이고 정확한 주소를 기재해 주십시오.

선택된 작품은 정식 계약 후 출판물로 간행되어 전국 서점에 유통됩니다.
작가분은 (주)로크미디어의 전폭적인 지원하에 전속 작가로 활동하시게 됩니다.
※ 자세한 내용은 로크미디어 홈페이지(rokmedia.com)를 참조하세요.

(04167)서울시 마포구 마포대로 45 일진빌딩 6층
(주)로크미디어 편집부 신간 기획 담당자 앞
전화 : 02 ─ 3273 ─ 5135
www.rokmedia.com   이메일 : rokmedia@empas.com